少女不十分

しょうじょふじゅうぶん

西尾維新

illustration
by
碧風羽

1

倚靠小說維生至今差不多已有十年光景了，但直到現在我仍不覺得自己曾寫過所謂的小說。

聽我這麼說，或許有些人會認為「哎呀呀，老師又在鬧彆扭了呢」，是這樣沒錯，我就是在說些彆扭話。想辦法編造藉口、說些彆扭話正是我的工作內容，仔細想想這十年來我持續不間斷所做的，就是盡其所能地說些彆扭的藉口，貫徹一名天邪鬼（註1）的本分。

我一直都是以驕傲的態度讓自己成為一個怪人的。

若非如此，實在難以存活。也許馬上就會死去。

若有人說：「老師啊，當你喜歡當個怪人時，就表示你已經夠怪了喔？」確實是這樣沒錯，我完全無法反駁。畢竟我就是一個喜歡被人以摻雜了好奇與輕蔑的目光注視的傢伙。

我的喜好很偏頗沒錯，我就是喜歡幹些吃力不討好的事。

為什麼要做這種事呢？對於有那麼多得以實現特立獨行的機會，我自己也覺得很不

1　天邪鬼，在日本民間故事或傳說中出現的架空壞人。無法界定是妖怪或精靈，善於玩弄人心、使其屈服的存在。

可思議；相對於此，我只能回答，因為我原本就是這樣的人啊。

所以啊……不對，老實說，如此扭曲的我在這漫長的十年來竟能持續當個小說家，我都不由得對自己感到佩服。身為一名小說家，能夠持續一份得以被社會大眾接受的職業，我怎能不對自己感到佩服呢？因為我是如此彆扭乖戾的人，甚少會誇讚自己的所做所為，但這十年我確實是認真活過來了，就這一點而言，我想給自己一些正面的評價應該不為過吧？

我總是否定自己，已經到了何時會走偏人生這條路也不奇怪的程度，能夠好好工作、購物、對周圍人們的人生產生影響，多多少少還是能幫上別人一點忙，讀了那麼多書的自己應該也算是個社會人士了吧。

但在此同時，我也湧起一股罪惡感。

那便是我明明是以小說家的身分賺錢餬口，卻從來不確定自己寫過小說。不，說從來沒有寫過確實是有些誇大其詞了。

這是我寫的小說，我又寫了一篇名作啊──要說在我的腦子裡從來沒有冒出過這種想法，那肯定是在說謊了；在我的人生中，能確實感受到「我還活著」，便是寫完小說的那一瞬間；思及此，我所書寫的那些文字應該就是世間俗稱的小說吧。

要是否定了這一點，對那些和我一起工作的出版社、喜愛我筆下作品的讀者們實在太失禮了。基本上，自己做的是什麼工作、自己都在做些什麼、自己又是個怎麼樣的人，能夠決定這些事的並不是自己，而是周遭的人們。不管是好是壞。

假設不管我再怎麼頑強地否定，只要周遭的人肯定我所寫的是小說，如果他們肯認同的話，那我筆下的文字就是小說吧；相反地，儘管我如何放低姿態誠心誠意地遞交出自己寫的作品，若是沒有半個人認同，若被評為比在喝醉的夜裡寫的情書還不如的話，雖然可悲，但我想那就不是小說了吧。

我明白的。

我已經不是會去否定那些事的小孩子了。更何況，在人生邁入三字頭後，我也是個成熟的大人了。三十歲。與其說是成熟的大人，其實就是個大叔。這無情的現實讓我的心都不由得慘澹起來。客觀來說，我過的就是在寫小說時不知不覺長了年紀的人生。

在我為長了年紀感到難為情的同時，卻沒辦法說自己的人生有多麼豐沛精彩，這是我沒有摻雜半句謊言的真實感想。為什麼事情會變成這樣呢？在變成這樣之前難道沒辦法做些補救嗎？想著想著就忍不住想反省了。

我在想，有沒有什麼不變成三十歲的方法呢？不，想來想去，大概只有自我了結這條路可走了。

所幸我並沒有自殺的念頭。我常在想，死了之後會變成怎麼樣？但那跟想自殺是完全兩碼子事。以現今的世界來說，這或許也算是種恩惠吧。我的生活原本就被工作填滿，二字頭那段年紀除了工作幾乎一事無成的生存方式若被當成跟自殺沒兩樣的話，我也還沒準備好該怎樣反駁。

其實我還挺喜歡被這麼說的。你沒辦法好好地生活，以人生經驗來看，你的精神年紀甚至連小學生都比不上，大概只有幼稚園兒童的程度啦——受到這樣的譴責，我反而是會喜不自勝的那種人。但我還是會因此感到受傷，無法處理後續的情緒問題。不管那是多麼令人開心歡愉的事，烙下的傷痕還是會一輩子留在生命裡，可我卻完全不明白這一點。真愚蠢。我就是如此愚蠢。

就算什麼都不做也會被人斥責、當作異端分子，這一點我是感到十分羞恥的，但每當被斥責時，心裡總會湧現出『跟周遭的人不一樣，我是很特別的人啊』、『都是因為我太特別了，才沒辦法被人理解』這類的想法，且這就是構成我二字頭年代的主因，說起來還真是個悲傷的事實。

我就坦承吧。

其實我曾被書櫃壓倒過。

因為我是一個自我意識過剩又喜歡裝模作樣的作家，對於丟棄或轉手把書賣掉這種事有著強烈的抵抗感，房裡自然累積了不少書本，再加上我原本就是個隨意散漫的傢伙，根本沒考慮過平均重量什麼的，只會一股腦地依序把書本塞進書櫃裡。結果就是讓以合成板組製而成的書櫃承受不了重量而崩塌，壓倒了當時正在工作的我。

沐浴在書雨之中，被書櫃的隔板砸到頭，我覺得有過這種經驗的自己是很特別的，在說不定會死掉的劇烈疼痛中還能露出一絲淺笑的自己，我真的打從心底覺得是個怪人。說是噁心也不為過。

儘管精神年紀只有幼稚園兒童的程度，但真實年紀依然不斷往上累增，以人類的身分活了三十年，成為一名小說家也有十年光陰，就這點來說，或許可稱作是種奇蹟。就算是不被任何人認同的奇蹟，但奇蹟就是奇蹟，這一點還是不會改變的。

在此同時，如果這就是三十歲的大人會有的樣子，我在孩提時代對三十歲的大人未免懷抱過多的期待了，我想都是自己過度期待了。為什麼明明都是個大人了，卻沒辦法把事情好好完成呢？為什麼都已經三十歲了，卻還是那樣的個性呢？孩提時代……不，就算到了二十幾歲，我還是常對『他們』產生這類的疑問，真的非常抱歉。我想，那個時候我所見過的可悲大人模樣，就是此時此刻自己的寫照，思及此，我幾乎都快失去活著的自信了，但其實我並不覺得特別丟臉。

活到三十歲卻還不成熟的自己，是個已經找到自我價值的乖戾傢伙，這就是我最真實的樣貌。

大家也為此自傲吧。

身為孤立的異端分子一事。

就算因此遭受到不公平的待遇。

能被他人理解、過著讓周遭的人對自己讚不絕口的生活就像做夢一樣，但同樣的，不被任何人理解、與稱讚無緣的人生不也像做夢般不可思議嗎？或許這只是自我安慰的想法，但我確實是這樣認為的。只要不給其他人添麻煩，做自己喜歡的自己應該是能被允許的才對。當然了，以社會整體來說，我也完全能理解光是無法融入周遭的異端就已經夠給人帶來困擾的想法，但還是希望大家能多加包容。如果假裝融入周遭環境、假裝和各位交好，只會給大家帶來更大的麻煩罷了，這是每個異端分子都很清楚的事實。

我確實喜歡這樣的自己，但前提是，我會成為這樣的人……不對，這裡應該說「我們」比較得宜吧，我們之所以會成為這樣的人——沒錯，也是為了你們這些人啊。

如果我是個了不起的大人物，這種時候當然會很友好地與你們互相理解。可以確定的是，這麼一來我會很開心，你們一定也覺得很高興吧。但我並不是個了不起的大人物，也很清楚這麼做會給自己招來多大的害處與悲劇。

現在的我，這個令人難以想像活到三十歲居然還如此彆扭的怪人，同時也是個菸酒不沾、不知變通只懂得沉浸在工作之中的我，可是花費了人生中最重要的十字頭與次要的二字頭光陰，努力投資所構築出的重要財產。

整體來說，我並不喜歡自己這個人，但對於自己所做的努力、且幾乎已經達成自我設定的目標這點而言，確實是值得給予正面評價的。如此彆扭的人還能做到這種地步，不容易啊。

不管怎麼說，都已經三十歲了。

現代人的平均壽命已在不知不覺間拉長，說人生過完一半或許稍嫌太早了些，但只要一想到今後我的身高大概不會再有成長，心境上就覺得人生已經差不多過完一半了。

早已回不去那個可以抬頭挺胸的認真人生了。

我既沒有成為人們口中『能幹的人』或『了不起的大人』，從今以後也不可能達成那個目標。絕對的，這是絕對的。往後我恐怕不會擁有自己的家庭，也不可能找到一個能打從心底互相傾訴真心話的對象，大概也不會隸屬於哪個組織吧。

嘴上說著對那些『能幹的人』的羨慕與嫉妒，但我完全沒有捨棄現在這個自己的想法，也沒有興起任何改變的念頭，這樣的我肯定不會有自我改革的機會。

雖然不曉得能靠小說家的身分養自己到什麼時候，但我這個人再過五十年也會一直是這副德性。帶著一點點不信任人類的厭惡，對事物總是充滿懷疑的我，倒是敢肯定這一點。

這一點讓人感到悲傷卻也喜悅，但還是悲傷多一點。我是厚臉皮，其中也包含了打算再活五十年的想法。

2

意外地坦承打算再活五十年的自己有多麼淺薄卑微後，要說出這種自我誇耀的話是有點那個，但沒有主張『之後的五十年仍打算當個小說家餬口過生活』這點，卻是我最引以為傲的高尚品格。

我想說的並不是「這個世界並沒有那麼好混」。因為地球上根本不存在好混的世界。創作家、專業人士、運動選手，或許連藝人也是如此，總之學有專精的業界人士都有想把自己所處的業界說成嚴苛到超乎尋常的傾向。這麼說是有些大言不慚，但自我意識比誰都強烈的我敢斷言，那種自以為特別的感覺不過是幻想罷了。不管在哪個業界從事什麼樣的工作，大家都得面對相同的痛苦。差只差在背負的責任重量、對社會的貢獻程度，還有薪資不同而已，除此之外都是一樣的。「職業不分貴賤」這句格言不只是漂亮的表面話，而是出乎意料的一句真理名言。只要是有在工作的人就能明白這一點。要說為什麼的話，因為我們每個人都只是「被使用的人」罷了。

那些不在此限的非人類重勞動機械雖然是例外，但還是得當作是補充戰力添上一筆才行。

而我花費了（就算撕裂我的嘴，也說不出「奉獻」這種厚臉皮的字眼）二字頭青春光陰的小說家世界，則與其他業界同樣嚴苛、同樣艱難、同樣是個再普通不過的世界。想在如此普通的世界裡再繼續待上五十年，以現實層面來說相當困難，若是收到這樣的請求，我說不定還會反過來拒絕對方呢。

會死的。

或許我會因此被填上「膽小鬼」、「臨陣脫逃」等等充滿批判性的字眼，但我確實沒辦法為了創作而賠上這條命。我還想再活五十年啊。在這種時候，純粹以意義來說，膽小鬼或臨陣脫逃都算得上是褒獎。講這種話也許會被誤解，但我還是得說，想進入創作業界，前提是必須有才能。業餘愛好者和專業人士的差別就在於曾被大家讚揚的部分，在業界裡不過是誰都理所當然辦得到的小兒科罷了。小學時曾一而再讓自己撞得頭破血流的那堵高牆，在成為大人之後又得再度面對，這實在令人非常挫敗。事實上，我已經看過好幾個比我更有才華卻無法有所成就，因而放棄成為小說家的新人……不，這是謊話。這也是謊話。不過是美化了小說業界，刻意營造出自己所處的位置非常特別的可恥行為罷了。專家與業餘之間並沒有所謂的界線。我想說的並不是那種隨處可聞的陳腐句子。

至少就我回過頭審視這十年來的經驗，沒有一個小說家是靠才華工作的。經驗與努力、加上毅力、還有運氣，就只是這樣。而這種粗俗不優雅的一面，就是小說家的全部。

當然其中也有具備才華的人，大概有吧，但不管有沒有才華都是一樣的。

我嗎？

我是那種想相信自己是有才華的人。那種隨處可見的、非常理所當然的作家。當然了，若不是這樣，又怎麼可能長年持續當個作家呢。誤以為自己很特別，裝模作樣把自己搞得像個作家的作家……不對，把其他作家扯進來實在不太好，那就訂正一下，是我讓自己變成這樣的。

這樣的我會以小說家的身分持續活動了十年，或許只是偶然，但似乎也是種必然。因為我是這麼地努力，不管再怎麼謙遜，我仍抗拒把這些年來努力付出的心血當成命運或時逢我與，但若要說這些都是我努力得來的成果，又顯得太虛榮了。有鑑於此，還是維持中庸之道最好了。

所以說，從今而後，我也只會重複這十年來所做的事。走在這條不知會持續到何時何地的路途上，我只能一直走到無路可走為止。其實可能連走到無路可走這一點都辦不到，說不定我中途就會癱倒了，以小說家身分活了十年之久的人，一點也不曉得之後選擇其他職業時該怎麼做就是了。

3

想靠小說家的身分永遠生存下去是很艱難，但若只是持續寫小說，卻不是那麼困難的事。

講出這種話或許會令人反感，可若是讀者能理解的話，我其實很擅長寫小說。擅長寫小說甚至可以當成我唯一的可取之處。前面才說我不覺得自己寫過小說，現在又說自己擅長寫小說，大概會令人覺得可笑至極吧，但總之我就是很擅長。如果對寫小說這件事不擅長的話，我究竟會變成什麼樣的人呢？現在的我又會在做什麼呢？寫不出小說的我，會變成怎麼樣的三十歲大叔呢？每當夜裡睡前躺在被窩中想到這一點時，心裡就會騰升出一股彷彿在黑暗中踩到不知名東西那樣的不安情緒。

我並不是很喜歡自己，說得再坦白一點，我對自己幾乎只有厭惡，但我很喜歡自己寫的小說。只有在寫出『我的小說』這一點上，我才能饒恕自己。允許自己吃美味的料理、看書或打電動，就連一個人去唱ＫＴＶ也能允許。但如果我是個寫不出小說的人，我就只會允許為了存活而不得不做的最低限度行為。（就算如此，我還是不會自殺，就算活得再難堪也不會。）

不知從何時開始，我已經不再去計算自己寫過的小說數量，但長篇、短篇加總起來，隨隨便便也超過百篇吧。如果只算有出書的那些，應該也有五十本以上。說得含蓄點，我難道不是非常努力嗎？

根本就是工作過頭了。

又不是活在紙本書賣得超好的八〇年代，任誰也（恐怕就連讀者都）沒期望過我會以這樣的速度盡責的寫小說吧。過度工作也該有個限度。

這一點我當然也很清楚。

說這種話只會讓我這個彆扭的傢伙變得更彆扭，每當走進書店，在新書專區發現某本書的書腰上寫著『打破〇〇年沉默的最新力作！』這樣的文宣，我可是會整整羨慕上一個星期的。真希望有一天，我也能有打破沉默的機會。

但工作量這種東西並不是自己所能掌控的。那種在適當的橋段歇手停下，可是需要相當高超的技術才辦得到。不管是企業、企劃或生活方式，大抵所有方面都是如此，總是在迷失了收手的時機後顯露出破綻。換句話說，我在某種層面上也算是破綻百出。

明知故犯——這句名言說不定很適合套用在這種時候，我很認真地這麼認為。

要是陷入什麼頹靡不振的狀況，跟我有所關聯的各界人士就能輕鬆多了，讀者也不會為我擔心，但我就是很能寫，這也是沒有辦法的事。一不小心吐出實話後，也許會得到「哎呀呀，老師啊，您東聊西扯了那麼多，到頭來還是在自誇嘛。」這類的評論，但那並不是我的功勳啊。

之所以擅長寫小說，並不是因為我受到什麼庇蔭，也不是因為我有才能，說得再坦白一點，這甚至算不上是運氣。

硬要說的話，應該算是倒楣吧。

我不想表現得好像遭遇到什麼悲劇，但確實是很倒楣。沒錯，再也沒有比這更倒楣的事了。若把人類分成兩種類型，雖然不認為自己能被選進幸運的那一邊，但還真是從沒想過竟會有一個人遭遇到如此殘酷的對待。現在光是回想起來，我都覺得恐怖。

身為一名小說家，在這之前只是個寫故事的人，我書寫小說，且能不斷寫出小說，是因為我的生命中曾發生過一段淺顯易懂的插曲。

作家在職業生涯中最常被提問的問題莫過於「該怎麼做才能像您一樣創作出故事呢？」，但大家對於這一類的詢問似乎都已經感到厭煩了。要是可以把一切都語言化，就用不著如此辛苦了——這大概是每個作家最不加掩飾的真心話吧。所幸我本來就是個極端不諳與人交際的無禮之徒，打一開始就不太有機會接受這樣的詢問，但還是曾在雜誌的訪談中被問過類似的問題。

每當遇到這種狀況時，我就會故意表現出怪人的那一面，說一些莫名其妙的話當作回答。例如成為作家必須具備的條件是什麼？我就會回答「不同於常人的價值觀」之類的。因為訪談內容都會經過編輯，我提出的意見幾乎不曾被公開，而我說過的那些抽象又感性的回答大抵上全都是騙人的。說老實話，在採訪時說謊大概是我身為一名作家最糟糕的惡習吧。

不過正是因為愛說謊，我才會成為一名作家嘛，雜誌社那邊也會把我說過的話配合企劃主題加以修改編輯，以裝腔作勢這點來說，也許我們都是一樣的。

那麼，如果這些都是謊言，究竟什麼才是真實呢？

面對「該怎麼做才能像您一樣創作出故事呢？」這個問題，我真正的答案又是什麼？

我正打算從現在開始開誠布公。

就讓我的精神創傷暴露在眾人的眼皮底下吧。

4

精神創傷。實在是個很討人厭的名詞。就連發音都藏著一種撒嬌似的伏線。恐怕那就是這個單字所隱含的深度與悲劇，因為在許多方面都被頻繁氾濫的使用，才會完全腐敗了吧。

時至今日，每當這個字眼出現在電視劇或電影裡時，我總會想『拜託，怎麼又來了。不對，現在也許正是最適合說這句話的時候！』相信有許多人也跟我有同樣的想法吧。照理來說，精神創傷原本就不是這個時代或事到如今才出現的名詞。

先得有原因，才會理所當然地出現結果，若原因很明確，那所背負的精神創傷或許還不到太糟糕的地步。這種論點是有些過於獨斷，但原因不明確的煩惱或難以平心靜氣的噁心感與存在著明確理由的創傷，究竟哪一邊的狀況較為樂觀，或許是個相當難解的問題。有個該攻擊的對象，也看得見那個該攻擊的對象身在何處，也就表示還有得救。就算那個對象是已經過去的一段往事或過去的自己。

總而言之，就讓我使用那個早已變得低俗不堪的醫學用語——精神創傷來囊括吧。這或許算是種自虐的行為，但打從我準備將這件事公諸於世就已經足夠自虐了，為了不讓自己再為這件事添上什麼附加價值，我才會刻意選擇「精神創傷」這個字眼。

我能持續當個作家，其實是有個非常重要的原因，甚至稱得上是我人生中唯一的精神創傷。與其他人相較之下，我的人生可說是十分風平浪靜——應該說根本無風無浪，十二萬分地平穩且平凡……而成為一名作家，也跟一般的就職活動沒什麼兩樣……不需要任何演技來演繹狀況，真正能拿出來說嘴的特別事件，只有那麼一個。

那件事成了我撰寫故事的基礎。

……說是這麼說，一開始還是得先鋪陳一些前置狀況讓大家知道才行。不是為了裝腔作勢，既然都決定要說出那件事了，我其實恨不得能一吐為快把事情交代完就算了。

我也很想寫一篇頁數破千的大作（比起打破沉默，以現實層面來說，我對這一點更有企圖心），但這本書並不那麼冗長。基本上，我本來就不善於寫長篇故事。

我無法總是喋喋不休。

尤其事情還關係到自己的時候。

換句話說，所謂的鋪陳，是因為有必要我才會寫出來，就只是這樣罷了。都只是一些程序上的問題，就像把腳套進鞋子之前總得先穿上襪子。不管我這個人再怎麼特異獨行，也不會在鞋子外頭套上襪子。我又不是魔術師。

正如前面提及的，接下來我所要講述的那件往事，一般而言並不是會激起他人興趣的精神創傷經驗談。雖然是讓我持續當了十年作家的原因，但這本書絕對不是一本「作家指南」。

我不想被大家誤會了。應該說，希望大家千萬別誤會。「原來如此，只要累積這方面的經驗，不管是誰都能成為一名小說家啊！」要是有人這麼想，我可是會受不了的。不過我的經驗必須先有個對象才能成立，不是想模仿就模仿得來，這又如何呢？這個世界如此廣闊，還存在著各式各樣的人類，我也不能斬釘截鐵地說自己的經驗絕不可能被模仿重現。所以一開始還是得先拋出『好孩子千萬不能模仿喔』這句基本慣用詞才行。

說到底，會把那種經驗當成肥料灌溉自己成為作家的，大概也只有我一個人吧。

第二個需要鋪陳的前置作業，就是得先跟讀者們說清楚，這跟至今為止我所出版的創作故事不同，不是由我創造出來的，也不是依據現實寫出具有價值的架空故事，而是實際發生過的事情。以這一點來說，這部作品跟我過去所發表的其他故事之間存在著相當不同的逸趣。我會盡量注意別多作無謂的側寫與描述，這麼一來或許會缺乏娛樂效果，也沒有創作故事基本會有的巧妙起承轉合。我試著想像了一下，結構相當支離破碎，完全沒有計畫性可言，就如同現實一般。

當然了，我不否認作者本身的敘事技巧仍未臻成熟，但現實本身就是如此，以故事內容來說，若被批評成荒誕無稽，只能說你並沒有抓到我的重點。

我只是把曾經發生過的事實照實寫出來罷了。

雖說是照實寫出來，但畢竟是發生在現實世界中的事，身為一介生活在現代日本的社會人士，我還是有些不得不顧慮到的地方。也就是對於人權、個人情資等等觸及私人領域的顧慮。

從這一段開始，我會盡可能不提及人名與地名，就算文中寫到了，那也都是經過變更的假名。我會以無法鎖定特定人士的手法來書寫，在某些地方或許還會出現支吾其詞的狀況也說不一定。

這一點還請大家能夠諒解。大人遇到某些狀況時，是得採取成熟的態度來面對的。儘管心智年齡只有幼稚園兒童的程度，可人一旦活到了三十歲，還是不得不去注意到這些地方。無論我再怎麼特立獨行，也不至於天真無知到如此地步。

接著是最後的鋪陳了，我必須告訴讀者們為什麼我會想把自己的精神創傷公諸於世。若不這麼做，讀者們就會一直猜測我究竟是抱著怎樣的盤算才會說出這件事，而忍不住先偷看結局。像這樣猜測作家的動機，邊讀邊想像的小說一點都不刺激有趣吧？

況且，我根本打一開始就不打算說出這件事。我原本是想一輩子絕口不提，誰會滿心歡喜地把自己的精神創傷公開給其他人知道啊。又不是那種「既然你想知道，那我就告訴你吧」的好事，說實在的，我一點都不想讓別人知道那件事。應該說，我一點都不願意回想起那件事。如果能遺忘，我實在很想徹底忘記，那完全是一段教人忌憚的記憶。

我原本是想把那段記憶帶進墳墓裡，一輩子絕口不提的。

雖然不知道我會不會被葬在墓地裡，總之我就是想隱瞞整件事的始末，等死後一起帶到那個世界去。

那我到底為什麼要把那件事講出來呢？其實理由相當單純，因為經常照顧我的責任編輯決定在結婚後離職了。與其說是經常照顧我，更確切的說法應該是被我添了許多麻煩，但我從來沒有為她做過什麼當作回報，也就是說至今為止我幾乎沒有給過她任何稿件，所以希望至少能在最後交出一篇令她印象深刻的稿子，算是以稿件代替報恩吧，難得我居然會湧現出如此有人情味的想法。

如果能為她的編輯生涯所經手的最後一份工作添加一絲光彩那就太好了，為了這一點，就算要我把丟臉的私事攤在眾人面前又算得了什麼呢？

這根本不算什麼。

儘管我剛才說過想把那段記憶帶進墳墓裡之類的話，但那不過是我的心情、我的一種打算，事實上那根本是不可能辦到的事。

那是我總有一天無論如何都得說出來的事。

只不過此時正巧遇到一個開誠布公的好機會。以報恩當藉口，說出自己想說的，既能兼顧人情義理，又能完成義務，難道不是一石二鳥的好主意嗎？如此果斷的決心若被人說是別有用心，那大概就是吧。雖然我很不以為然，這麼人性化的情緒反應算什麼嘛。

總而言之，就是這麼回事。希望讀者們也別想得太多，就聽我說、就默默地看下去便成了。為了謹慎起見，最後我再重申一遍。

這並不是杜撰出來的故事。

而是曾經發生過的——一起事件。

5

你曾見過少女的身體變得四分五裂，散落一地的場面嗎？我有。用不著多加贅述，那真的是相當衝擊的景象。在看到那麼衝擊的一幕後，我甚至有好長一段時間無法直視人類。我忍不住思索起人類究竟是什麼東西，不得不重新定位了人類的意義。

那是距今十年前所發生的事。

當時的我當然還不是個作家，卻是比現在的我對作家更有企圖心的二十歲青年。在我還不是什麼人物的時候——我想應該可以這麼說吧。拋棄裝腔作勢的虛偽，用淺顯易懂的方式來說明的話，就是那種隨處可見、希望能成為作家的投稿民眾。寫出（類似）小說的東西，到處投稿角逐各種獎項，我就是這樣一個年輕人。

至於內在方面，跟現在相比幾乎沒什麼改變，只能說是個精神方面絲毫不成熟的幼稚園兒童。比較當時與現在，我所具備的人性部分沒有什麼太大的偏差。但不管怎麼說，這都只是我本人單方面的想法，也許我美化了過去、卻對現在的自己感到自卑，又或者完全相反，只是想盡辦法為自己找一個好理由，暗地裡其實還有許多不足為外人道的部分呢。站在客觀的角度來看，當時的我或許比現在更活潑；我現在的個性可能比當時更不輕易相信別人了。就連我自己也不是很了解。已經改變的部分、不得不改變的部分、因外在的影響而改變的部分……或許都有吧。不，一定是有的。沒有反而才奇怪呢。

光就這點而言，十年前的自己簡直像是另一個人啊。所以要寫的話，應該用談論他人的方式來寫才正確吧。如果是我，可一點都不希望十年後的自己在提起我的事時，用剖白的口吻來闡述發生在我身上的故事。你是誰啊，你什麼東西啊，我可一點都不認識你，才不想聽你用一副什麼都知道的口吻胡說八道啦——到時我應該會忍不住這麼說吧。

總而言之，這就是一個渴望成為作家的年輕人身上所發生的故事。

他是那種隨處可見的年輕人。文章可以寫得很迅速，但也就只是這樣而已。當時還是個大學生的他，對於寫報告或論文考試都很拿手，再往更久之前回溯，他從小在國語課堂上寫作文時，經常都是班上第一個交卷的學生。是個只擅於寫作的年輕人。反過來說，他絕對不是擅長寫小說，否則怎麼會那麼努力向各方投稿了，卻總是石沉大海毫無音訊呢。

偶爾在時機湊巧的情況下，能收到幾間出版社的建言，這個時候我已經和好幾個編輯見過面了，可惜的是我的作家之路並沒有因此開花結果。如果能有更高明的交際手腕，我肯定不會放過這種能一蹴登天的大好機會，可我卻一而再地任由機會從我的手中溜走。

那些認為我『沒有前瞻性』的編輯們是正確的。當時的我很自負地認為「為什麼你們都不懂我筆下的有趣之處呢！」現在回過頭想想，我的作品確實欠缺了許多東西，就算睜一隻眼閉一隻眼，那種（類似）小說也一點都不引人入勝。

那不是作家寫出的小說，而是希望能成為作家的人所寫的小說。

如果能從擔任過小說新人獎的評審委員口中得到一些建議，兩者之間的差距其實是微乎其微的。就文法而言——也就是光就技術層面來說，我認為專業作家與想成為作家的素人之間，其實並沒有太大的隔閡。不對，反而應該是想成為作家的素人對字句的推敲更為仔細謹慎。就跟比起實際開車上路的駕駛人，為了取得駕照在駕訓班學開車的學生一定會更謹慎地控制方向盤是一樣的道理。寫作就跟道路還有駕駛方式一樣，當然不能不去顧及一些細節，只一味地想橫衝直撞。

那麼，若有人問我：「作家與想成為作家的人之間有什麼不同？」先說好這只是我個人的見解，我的答案是「能否在作品中『創造故事』這一點」。

作家創造故事，但想成為作家的人只是在說謊而已。界線究竟在哪兒？到哪裡為止算是謊言，從哪裡開始謊言會變成所謂的故事，這完全是靠感覺拼湊出的個人品味，沒辦法確切地表明，從文字間做出判斷便是編輯所承擔的工作之一。而以他們的眼光來看，當時的我並不合格。

當時的我只是在扯謊，只是個吹牛皮的傢伙罷了。或許有人會認為我對過去的自己太過無情，簡直像在自虐，但這些話並不是我說的，而是與我熟識的編輯對我做出的公正評價。

創作故事與吹牛皮是兩碼子事，而擅長寫文章與會寫小說也是截然不同的。

事到如今，我已經能理所當然地用稍帶批評的口吻聊起那段往事，但在當時，我完全無法認同這一點，也沒辦法敞開心胸接受他人的建議，只會不停地埋首寫了又寫、寫了又寫。

如果把工作量換算成焦耳或牛頓之類的單位，當時的我可能比現在更辛勤地在稿紙上耕作呢。不對，那時候半毛稿費都沒賺到，也不能說是工作，總之因為年輕嘛，一天下來幾乎都能寫上兩、三百張原稿用紙的量。

寫小說這種話實在教人難以啟齒。硬要說的話，就是類似小說的東西吧。

正因為曾有過那樣的經驗，才成就了現在的我，完全不考慮將來，找不到正確方向仍不斷地全力以赴，才讓我有今日的成就，這種話說起來是有些裝腔作勢，但我想應該就是這麼回事吧。會認為那是繞了不必要的遠路也是沒辦法的事。都已經走到這一步了，才意識到應該存在著更有效率、更平坦的道路也是沒辦法的事。追求夢想的人還談什麼效率問題啊，也許有人會因此斥責我的想法，但不管是誰、不管在什麼時候，都不想繞遠路做些徒勞無功的傻事吧。

以我目前所處的立場，唯一一點值得稱讚的便是當時的我——他為了追求成為作家的夢想，雖然繞了不少遠路，但始終沒有迷失自己。

從來不曾想過選擇其他職業，從來沒有放棄成為一名作家的我實在太了不起了。不過這或許是因為除了寫文章之外，我根本做不了其他事，由於自己的軟弱無能，才能勇往直前的關係吧。

但如果沒有發生過那件事，可能我到現在依舊是一事無成，又或者我會因擅長寫文章的特性而找到其他相關職業……不，就是不覺得會有這種事發生，所以大概會選擇一個毫無關係的職業吧。世界上多數的人所做的工作都跟自己擅長的技能無關不是嗎？

有句話說「別把喜歡的事當成工作」，事實上確實是有不少將喜歡的事當成工作而感到痛苦的案例，但能將自己擅長的技能當成職業，一般來說仍是種幸福、是種恩惠吧。

那是很值得開心的事，所以我認為應該好好感謝那個孩子才對。那個孩子，那名少女。我只是想想，絕不會真的去感謝她。

具體的日期就別多加著墨了。

季節也是。

那一天，我正從當時租貸的學生單人套房式公寓踩著自行車前往大學。寫出這段話時我忽然想到，最近好一陣子我都沒有騎過自行車了，忽然覺得有些懷念，但在我把曾經發生過的那件事講述完之前，大概不得不與那股懷念過往的情緒持續對抗下去吧，思及此，實在是有些厭煩，好像連心情都受到影響了，但我還是會繼續下去的。

難以判斷現在的我與當時的自己究竟哪一邊的自我意識比較強烈，但面對當時把登山越野車當成通學用自行車的他，現在的我也不得不退讓一步吧。騎著明顯不適合出現在城鎮街道上的自行車，不是在車道間穿梭而是穩當地在人行步道上行駛，一個以安全為重的大學生。

一如往常的上學路徑。我為了出席第一節課而奔馳著。雖然渴望成為作家，但相較之下，也算是挺認真上課的好學生。在大學這種地方，不喝酒的人多多少少都會遭到排拒，但再怎麼樣還是能到學校聽課。可即使會喝酒，像我這種毫無社交能力的傢伙也不可能被邀約參加喝酒聚會或聯誼。

總而言之，那是一段為了出席授課而必須經過的路程。我已經記不清楚大學與我租貸的學生套房公寓之間距離有多遠了，但以自行車代步大概也得花上一個小時左右吧。我的意思並不是兩者之間的距離很遠，而是這條路上的交通號誌實在太多了。我曾經數過一次，直到現在我都還能清楚地記得那條上學路上的紅綠燈總數。一共有三十二座。若把沒有設置紅綠燈的行人穿越道也算進去，應該超過四十個才對。

那麼多的交叉路口，若沒發生交通意外才不可思議吧。

所以就發生了。

在因紅燈停下自行車的我面前，一個國小女生被以她的身形根本無法比擬的十噸巨型大卡車給輾斃。其實我也不曉得那到底是不是十噸型的大卡車，可是看起來就是那麼巨大的卡車完全沒有踩煞車，就這樣直接撞飛了小學女生。

與其說是撞飛，用破壞來形容或許更正確。就如同我先前所敘述的，那孩子小小的身體變得四分五裂，肉塊、器官全散落在大馬路上。只有她背著的書包安然無恙地飛到馬路旁。在沒有想到要放下書包的情況下，書包卻遭到主人放逐，這樣的描寫應該足以表現出她身上究竟發生了什麼事吧。

這種事真的在我眼前發生了。

完全沒有呼救的餘地，這是件當場死亡的意外事故。

因為是紅燈，換句話說，是那孩子無視紅綠燈穿越了馬路，但必須接受的懲罰卻是如此悽慘的悲劇。

卡車立刻踩下煞車，但因剛才的意外衝擊，就算這麼做也無濟於事，卡車就只是在越過斑馬線後突然停下罷了。

這一天，一條小生命就此殞落了。

以狀況而言就是這樣。只是針對事發當時的狀況來說的話。

但，要是大家在這裡有所誤解就不好了。近距離目擊這場悲劇性的交通事故，確實對我往後的人生帶來極大影響，也造就了我的精神創傷，但並非是讓我成為作家的契機。

至今為止，我所發表的小說裡不僅是少女，各式各樣的角色都曾經歷過狀況各不相同的交通意外，那並不是因為我曾在這一天目擊了這場意外事故，我只是單純想表達交通事故發生的頻率就是如此頻繁。

我經常目擊交通事故。不只是在有許多交叉路口的這座城市，而是到處，出外旅行也好什麼都好，我遭遇過不少交通事故現場。這三十年來，我真的看過太多了。我以為這是很理所當然的事。連我自己都曾三度被輾過。一次是摩托車、一次是自行車、還有一次是轎車。這三次意外我都落得被送醫住院的下場。被摩托車輾過那次是我已經成為作家之後發生的事，在醫院裡我還是盡可能地繼續投入工作，但執筆速度還是受到影響，知情的人大概猜得出是哪段時期吧。但不管是住院、還是對工作造成妨礙，我仍認為那是很理所當然的事。

不過似乎是我搞錯了，一般人好像不會像我一樣頻繁地遇到交通事故。最近在跟認識的人聊天時，我才知道了這件事。我當然覺得驚訝，但那個時候真正被嚇到的應該是那一位才對，想到這裡不禁讓我有些難為情。

我並沒有到交通意外頻傳的熱門地點旅行的興趣，一切都只能當作偶然。硬要說的話，只能怪我是在這樣的星星底下出生的吧。與交通事故極有緣分的那顆星星。那到底是顆怎樣的星星啊？任誰都只能歪著頭表示難以理解。

在我見過的交通事故中，死亡並不特別稀奇，小小的生命就此殞落當然是場悲劇，但這時候發生的這場交通意外並不會讓我特別有所感觸。撇去我曾目擊過的那些例子不談，交通事故在這個世界上也不過是發生在短短一瞬間的事情罷了。

只是這件事真的、真的就發生在我眼前，我還清楚地記得當時我全身都僵直了。在燈號由紅轉綠後，我還是沒辦法跨過斑馬線。

不，這並不是我真正的心情。我只是想讓自己看起來像個正常的人類，才在回憶中添加了這段刻意的描寫。就連我會全身僵直，也與這場事故完全沒有關係。

十幾歲時不太與人正常交際的我，相當欠缺感受他人疼痛的能力。一個小學女生被卡車輾斃了，就算腦子能理解這是一件悲傷的事，而事實上我也多多少少能產生悲傷的心情，但相對的，我的腦海一隅擔心的卻是飛濺四散的血液有沒有沾到我心愛的自行車上，我只想彎下身仔細確認一番。這世界是怎麼看待這種人、怎麼稱呼這種人的，我再清楚不過了。我早已習慣被稱作怪人，但受到這一類的指責實在教人開心不起來。無論如何我還是只能默默接受。能夠確定的是，我在十幾歲時一定是忘了好好學習人類應有的重要情感吧。

可是，只限於這一天，這一天我能提出一個藉口。關於那個女孩子的死亡，我既不感到悲傷、也沒有立刻衝上前去，所幸我還能為自己的冷淡找到一個好藉口。

就在卡車發生衝撞意外的另一頭。

有另外一個女孩子，她就站在那裡。

6

就算做這種事，已經失去的寶貴生命也回不來，但還是讓我們稍微將時鐘的針往前倒退幾格。那個被大卡車輾斃的可憐女孩子並不是一個人去上學的，她跟朋友一起，應該是兩個人正並肩上學的途中吧。

在騎著自行車準備去大學上課的我面前，她們兩個人似乎感情很好地走在一起。因為是小學生的步伐，騎著自行車的我馬上就能追過她們。我的坐騎雖然是登山越野車，但在人行步道上其實也沒辦法騎出太驚人的速度。

當追上她們後，我才知道這兩個小學生其實並不是『感情很好的』走在一起。

你又不是夏洛克・福爾摩斯，又怎麼會知道她們兩個人的感情到底好不好？——也許有人會提出這樣的質詢，但就算我不是夏洛克・福爾摩斯，就算我不是任何人，就算我連自己都不是，我也能明白。

因為她們兩個正邊走邊玩掌上遊戲機。

她們玩的是哪家出產的遊戲機？正在玩什麼遊戲軟體？她們當時有移動腳步嗎？這幾點我都無法做出正確的判斷，但我想她們玩的可能是不同的遊戲吧。就算她們玩的是同一款遊戲，當時的掌上型遊戲機也還沒有進步到可以在不連線的狀態下進行對打吧？

她們只是走在同一條路上，朝著同一間學校前進，分別玩著不同遊戲的兩個少女。

我實在無法認為她們的感情很要好。

不過這些推理都是後來附加上去的，那個時候的我根本沒辦法想那麼多。

只是回憶起來時，想起在那之後所發生的事情，才讓我覺得這兩個人應該是那樣的關係吧。

騎著能飆出速度的自行車，我也正忙著往自己的大學前進，要是有那個意圖，我隨時都能加快速度超越她們兩個人，但這個時候我並沒有那麼做。

畢竟人行道的空間也不是很寬敞，若想超越她們兩個人，必定會以幾乎快要擦撞上她們之中某個人的方式驚險掠過。對經常目擊交通事故的我來說，遇上這種事當然是能避就避。就算能把意外頻傳這種事當作日常生活的一部分，可若是自己成了當事者，而且還是加害者的話，實在是令人難以接受的一件事。不對，或許正是因為我已經把意外事故當成日常生活的一部分，因為我太明白那種悲劇，才不願意成為交通意外的加害者吧。事實上，我到現在都還沒有取得汽車駕照，因為我太了解在發生交通事故時『無法負起責任』有多悲慘，所以直到現在我唯一能拿來證明身分的仍然只有護照。一本護照十年內都不用更新，這可是我用來證明身分的重要寶物。

但，回想起在那之後的狀況發展，就算多少有些勉強，我還是應該驅車追過那兩個女孩子才對。如果能因為我的超車行為，讓她們意識到「世界上就是有那種橫衝直撞的自行車，所以邊走邊玩遊戲是很危險的」的道理，或許就能避免之後發生的那場悲劇了。就算我不想超車趕過她們，至少也該按響車鈴啊。

儘管自行車的鈴聲比不上汽車喇叭，但只要一想到當我在她們身後按響自行車鈴聲時，很可能會嚇到這兩個小女生（雖然說本來就是為了嚇她們才會按響車鈴啦），我心裡就有些忌憚。我並不想嚇到那麼小的孩子……那個時代的小學生雖然不會隨身攜帶警報蜂音器，但她們要是因為被我嚇到而發出尖叫那還得了，當時的我或許也抱著獨善其身的想法吧。

都說到這個份上了，如果因為我做了什麼而引發了更嚴重的事故又該怎麼辦才好？我明白這種問題計較起來就沒完沒了……但總之就是這樣。

在那之後，她們依然玩著遊戲機，一點都沒注意到紅燈就這麼穿越了斑馬線，其中一人更是悽慘地遭到大卡車輾斃。

其中一人。

沒錯，被輾斃的只有一個人，另一個女孩子則平安無事。這件事本身應該是值得開心的吧。與其兩個人都被輾得四分五裂，有其中一個獲救還是比較好的。理應是這樣的。雖然我本身對事物的情緒反應有些偏差，但大家應該都是這麼想的吧。

可是，另一個走過斑馬線卻存活下來的少女所採取的行動完全吸引了我的目光。

不，不只是吸引目光這麼簡單，因為就是那個少女的行為，才讓我的身體不由得僵直了。

比起女孩子被撞得四分五裂、比起飛濺的鮮血沾到我心愛的自行車上，她的所做所為才是讓我全身僵直的最大原因。

那個女孩首先注意到走在自己身旁的另一個女孩子不見了，於是她回過頭了解狀況。了解直到剛才為止還走在自己身旁的朋友，此刻已經不在這個世界上的狀況。

在那之後，她採取了行動。

她把注意力放回手裡的遊戲機上。

就這麼佇立在原地。

咦？這樣的疑問冒上我的腦海。她還要繼續玩遊戲嗎？朋友就死在她的身後耶？不對，她也許是想逃避現實吧。不久前還跟自己走在一起的人被撞得身首異處悽慘的死去，如果時間稍有偏差，也許同樣的慘劇就會發生在自己身上——這令人恐懼的事實侵襲了她的心智，而少女為了保護自己幼小的心靈，才會逃避似地把注意力放回遊戲世界中也說不一定。

我換個方式重新審視了一遍，但並非如此。

因為在那之後沒多久，少女馬上就停止了遊戲。她關掉遊戲機的電源，把它收進書包裡。然後才——

「〇〇！」

大喊了一聲（我沒聽清楚「〇〇」是哪兩個字組合成的名字）

——她轉身往回跑，流著淚跑向已經變成碎片的朋友那類似頭顱的東西所在的位置。

「○○，妳振作一點呀！」

少女大叫。同時抱緊了○○的頭部。看在其他人眼中，大概會覺得那是純真少女稚幼卻仍悲慟的呼喚吧。聽起來或許也是如此。至少在那群因交通意外聚集起來的圍觀群眾眼中，看起來、聽起來應該都是這樣吧。

面對一個嚎啕大哭的小女孩，除了同情之外不可能會有其他想法吧。

但是，我看到了。我是唯一看到的人。那孩子站在斑馬線的另一頭，確實將玩到一半的遊戲存好檔後，才拔腿衝到朋友的身邊。

我目擊了這一切。

這就是U與我初次見面的場景。

7

就算不曾見過被輾得稀巴爛，屍塊散落一地的小女孩，應該也能想像那是多麼悽慘的一幕吧。可是在那個時候，比起出車禍的少女（當然有先幫被卡車輾斃的少女祈禱，希望她一路好走），我更在意的卻是跟她走在一起的另一名少女。

試著把那段回憶文字化後，可能會出現「唷唷唷，老師啊，瞧您說的那麼認真，但那孩子也不過是把玩到一半的遊戲存檔而已嘛，被您說的好像是件多不得了的大事似的。」之類的感想，為了避免讓讀者感到困惑，我就再說得仔細點，那個少女並不是無意識地做出那種行為，換句話說，那個少女並不是出自平時的習慣才把遊戲存檔的。而是在朋友被車輾過與玩到一半的遊戲之間相互比較，仔細考量過後決定了先後順序，於是她先依遊戲的規定玩到某個段落，玩到可以存檔的場面確實將遊戲存檔，為了不讓遊戲機在跑動時不小心掉落造成損壞還不忘先放進書包裡，接著才跑到她親愛的朋友身旁，之後當然也不忘順序地大哭出聲。

依照順序。

沒錯，就像在穿襪子之前絕不會先把腳套進鞋子裡，她在把遊戲存檔之前，也沒有趕著奔向朋友身邊。

我該怎麼定義這種異常的行為？假如說，只是假如喔，假如她完全不把朋友的死亡看在眼裡，仍繼續玩著遊戲一個人往學校方向走去的話，我或許不會覺得她有多怪異。順帶一提，會這麼說可能是因為我太了解了。不管實際上到底會不會這麼做，但我本人就是會掉頭走掉的那種類型。

我無法理解人類的痛苦。因為我本來就是個某部分的情感已經死去的人類。

遇上和自己無關的交通事故時，先不說加入搶救行列，我連圍在一旁看好戲的群眾心理都不是很明白。

所以說，如果那個少女是這樣的人，我可能反而會有種找到同伴的感覺。良心和倫理觀念都一應俱全，但就是完全沒辦法與感情相互連結的人類。除了自己之外，我也認識幾個這樣的人，以個性來說，我當然不可能和那些人變得親近，但那種能互相分享「自己並不是孤單一人」心情的對象，要說是夥伴也不會太排斥就是了。

但那個少女不一樣。她的精神狀態很正常，卻很明顯搞錯了事情緩急的先後順序。遇到這種情況時，無論是誰都會停下電玩遊戲，一股腦地衝向朋友才對吧。啊啊，必須把這件事逐字逐句寫成文章，實在讓我感到極端地不舒服……看情況我可能會翻回前幾頁，將某幾段文章的遣詞用句替換一下，但這段記憶果然還是只能用精神創傷來形容。光是回想，我都覺得快吐了。一想起當時那個少女的一舉手、一投足，我就會全身不由自主地竄出雞皮疙瘩。

你問我在那之後怎麼了？當然是逃走了呀。哪可能一直呆呆地繼續愣在那種地方啊。我的意識依然緊緊跟隨著那名少女，腳就像生根似的固定在地面，有那麼一會兒的時間，我的身體僵硬得連動都動不了，但不管是意識或雙腳，我懷著恨不得能直接丟棄在原地不理的心情，硬是將自行車調頭了。

反正這場交通事故也沒有我幫得上忙的地方。身為一個經常遇到車禍的人，如果今天只有我一個目擊者的話，我當然會負責報警，也會幫忙照顧被害者，依狀況有時是照顧加害者，是因為我明白那是上天交付給我的任務（這跟感情無關，只是身為人類的良知），但這次現場的目擊者甚多，根本用不著我幫忙報警，況且也沒有需要照顧的對象。因為從卡車駕駛座走出來的司機好像沒有半點外傷。對大卡車來說，區區一個小學女生不過是彈指便能擊倒，不足掛齒的小角色吧。說不定連保險桿都用不著修理呢。

話說回來，雖然目擊者眾多，但注意到被害者的朋友相當異常的人，不用說應該只有我一個人吧。就這一點來說，目擊者徹徹底底就只有我一個人。

因為所有人遇上交通事故時，都把注意力放在較有爆點的場景上，不會有人注意到那個僥倖逃過一劫的少女。說不定他們甚至沒發現那個正抱著被害女學生頭顱的小女生呢。

當時是已經有幾款附照相功能的原型手機問世了，但並不普及，相機畫素跟現在相比也非常粗糙，所以我想，那個少女當時的模樣大概沒有留下任何紀錄吧。每當發生什麼狀況時，總會有一群愛湊熱鬧的傢伙一起發動攝影大會，這點實在令我感到無比厭煩（順帶一提，我每次換手機時，第一件事一定就是砸壞相機的鏡頭。因為不想讓人以為我跟那些傢伙是同夥的），可是回想起當時的狀況，我還真希望能有個人跳出來拍下那個少女的照片，哪怕只有一張也好。

這麼一來，就能確認那些眼淚，當時少女流下的眼淚到底是不是真的了。

不過這都是因為我正在回憶那時的情景才會出現這樣的想法。當時的我腦海裡只有一個念頭，便是以最平靜的方式迅速離開現場，僅此而已。

希望不會被任何人發現，最重要的是別被那個少女發現。悄悄地、靜靜地離開現場。我放棄駛過斑馬線的念頭，應該說，我根本放棄出席第一堂課了。

我想，今天就直接回家吧。回到家，躺在床上讀一本自己喜歡的書。這麼一來，一定能忘了剛才親眼所見的恐怖一幕，不管怎樣應該能或多或少忘了一些吧。我這麼安慰自己，再次踩動踏板，一直線地騎向不久前才剛告別的那棟學生單人套房公寓。

以結論而言，這麼做實在不好。

我不斷欺騙自己只要回到家就安全了，完全沒注意到不知何時已悄悄膠著在我背上的那雙稚幼目光。

8

人是會遺忘的生物。只是過著普通的生活，就會慢慢地一件件忘記不久前發生過的事。就算是當時認為絕不可能忘掉的大事件、再怎麼深刻的記憶，總有一天都會慢慢淡忘。

所以才會有『欺騙自己』這樣的說法產生，只要像這樣平靜地繼續過生活，或許總有一天我也能忘了跟那個少女有關的事。

那雖然是段極具衝擊性、難以忘懷的記憶，但只要之後過著平和穩定的日常生活，應該也不會演變成所謂的精神創傷吧。

只可惜情況發展並不如我所想像。

事情就發生在『那之後』。應該說，在『那之後』發生的事，對我而言才是真正的重頭戲。到目前為止所發生的一切，不過是開端罷了。這種說法對那個被撞得四分五裂血肉模糊的可憐少女或許太過於冷漠，但我本來就是個特別利己，喜歡明哲保身的人，不管是誰、不管再怎麼高貴聖潔的人物，比起他人的死亡，出現在自己身上的擦傷都更為疼痛吧。我並不認為隱藏這一點是種偽善，我也擁有覺得那種自我犧牲的精神很美的感性，但就只是擁有而已，老實說，是不可能付諸實行的。

自那天過了一個星期後，大概吧，我也不記得究竟經過了多久。時至今日我已經忘了正確的日期，但希望大家千萬不要認為是「喔喔，原來是件印象很淡薄的往事啊」，是因為那之後在我心中留下的印象實在太強烈了，相對地圍繞在周邊的枝微末節才會變得如此淡薄，再加上我所描寫的是真實發生過的事情，我也有意模糊了某些場景就是了。

無論如何，少女命喪車輪下的交通事故雖然令人感到悲傷，但再怎麼說，那也只是場意外。基於道路交通法，因為是少女無視燈號闖紅燈在先，在量刑時也會將這點考量進去，若受害程度重大，司機還是得被關進交通刑務所收監……大致的流程應該是這樣，可那畢竟還是一場意外事故。卡車司機、卡車司機的家人、少女、少女的家人，許多人的人生都在那一瞬間產生了巨大的扭曲，但絕對不能忘記這其中並不摻雜半點惡意、敵意或任何人的加害意識。那只是一場意外事故。

跟發生在我身上的『那之後』不一樣。不，或許應該說是襲向我的『那之後』比較正確。在那之後所發生的事並不像天然災害或天地異變那種『意外』。

沒錯。那並不是事故，而是事件。

一開始我就說過了，所以才必須刻意模糊某些描寫方式。也許有人會認為我過於神經質或太在意，但若不這麼做，說不定就會無意識地傷害到與這起事件相關的人們不是嗎？當然我敢自負地確定受傷最深的就是當時的我，但也不能因此忘了顧及周圍的感受。正因為我對人類的痛楚相當遲鈍，才更應該比任何人都顧慮到這一點才對。

以我來說，若是連以一介社會人士的身分生存下去這種事都忘記的話，我的人生大概也完了，整個人都算毀了。所以我必須隨時最大限度地去注意這一點，就算被譏笑實在太誇張，我還是會這麼堅持的。

總而言之，（說不定這一整段都會變成以謊言堆砌出的記述，又不是什麼推理小說，關於記述的準確性希望大家就不要太強求了）一個星期後，我為了到學校出席第一堂課再度騎上自行車前往大學。

要把依然深深刻印在心頭的那個少女異常的行徑給忘記，一星期的週期實在太短了，但又不能老當個家裡蹲（我已經記不太清楚當時是不是已經有家裡蹲這個名詞了，總之就當是種語意上的表現手法）。那時的我還是個大學生，當然不能動不動就蹺課。不對，大學的課堂其實對於學生出不出席沒那麼硬性規定，但我在某些奇怪的地方就是異常認真，既然都已經修了這門課，我認為就得確實取得學分才行。這一點至今仍沒有改變，可以說這種自我強迫的做法就是我的生活態度吧。

但如果是為了安全起見，如果活得更謹慎警戒一些，我或許該藉此機會改變上學的路徑才對。在這座呈棋盤狀構築而成的城市裡，改變路徑明明是不可欠缺的環節之一，如果會一而再地檢查玄關大門有沒有確實上鎖，總是謹慎過活的我就應該趁早變更上學路徑才對。

只可惜當時的我想都沒想過這件事，就這麼踩著自行車馳騁在一如往常的上學路徑上，途中當然也會經過出事的那條斑馬線。

事發現場隔天就被清掃乾淨，用清掃這個字眼似乎不太好，就說『處理』吧，已經處理過的馬路就像什麼事都沒發生過般地出現在我面前。斑馬線的這頭當然擺了好幾束鮮花，那應該是與被害者同年級的學生供奉的，上頭還點綴著小孩子親手寫下的緬懷留言。明知道不該抱有這種想法，但只要一想到那些留言中可能也有那個少女所寫的，我就覺得那些花束實在很恐怖，甚至努力不讓那些東西映入視野之中。

從來沒有一條路上的紅燈會讓我如此詛咒忌憚，但在見過那麼觸目驚心的一幕後，我實在沒辦法不把交通燈誌當一回事。就算不是那樣，曾目擊過許多交通意外的我平常也都很謹慎地只要黃燈一亮就會立刻停下，直到現在也是如此。因為沒辦法用飛的，我只能乖乖待在原地等待綠燈亮起，在仔細確認左右都沒有來車後，才挪動雙腳騎過那條曾經發生意外的斑馬線。自行車的輪胎必須壓過不久前曾沾染了少女血肉飛濺的大馬路，我當然也覺得很冒瀆，但要是這麼說的話，這個世界上應該不存在從來沒死過人的座標吧。可能甚至連沒有殺人命案的座標都不存在。說得極端一點，活在世上的人們對死者本來就是種冒瀆。至少在見多了交通意外、死亡事故後，我當時的價值觀就是如此。現在我已邁入三十大關，當時的價值觀多多少少也有些改變，其實我自己也不是沒發現，不過現在不是說那種話的時候。

現在該說的，是那個正穿過斑馬線，準備往前方的下坡路段騎去，希望成為作家的大學生身上所發生的故事。如同剛走過一段極不安穩的橋身，無法否定的是他當時的心情多少是有些放鬆的。但就算他依然繃緊神經，大概也避不開在那之後所發生的事吧。

在那之後，我的自行車，我的登山越野車猛地停止了運轉。就算突然踩煞車，也不可能會以那麼唐突的方式停止運作，而正騎著自行車的我理所當然就這麼被拋了出去。彈飛到半空中的我沒多久就被狠狠地摔在柏油路面上，利用這段騰空的時間先來說明一下我的自行車剛才發生了什麼事吧。我所騎的自行車車輪被人從旁插進了鐵製球棒之類的東西。對方並不是見縫插針似地瞄準了輪輻間隙，而是從一段距離外蠻橫粗魯地扔來了那根鐵棒。

若有一點想像力，應該知道這麼做會讓自行車變得怎樣、騎在自行車上的騎士又會受到多大的傷害吧？不，就算沒有半分想像力，也該知道這是被禁止的危險行為。自行車的骨架經過這番折騰當然不可能完好如初，騎在自行車上的人也不可能平安無事。就算這樣的想法瞬間竄過腦海，也絕對是不能付諸實行的惡作劇。

惡作劇？為什麼會忽然冒出不過是出自小孩子的小小壞心眼似的說詞呢？或許有些讀者會為此感到疑惑不解。甚至可能有人會提出「身為一名作家，不是應該更清楚地表達這是種犯罪行為，是有意圖的暴力傷害才對嗎！」這樣的見解。

可是，這裡用惡作劇來形容才是正確的。因為幹出這件事的犯人，確實就是個年紀還很小的孩子。就年齡來說，既然無法以刑法將其問罪，在文章中也就很難用犯罪描寫來定義了吧。

經歷過在半空中飄浮，最後終於以背部著地摔向柏油路面的我幾乎去了半條命，全身上下都痛得不得了，連動都無法動彈。沒有以頭部著地真是不幸中的大幸，但仍免不了意識模糊。

我想起了過去曾遭遇過的兩次交通事故。其中一次受的傷算是相當嚴重，但光就意外發生後的混亂狀況來說，根本無法與這一次相提並論。

我不知道究竟發生了什麼事。

我真的一點都不明白。

如同之前所做的說明，有根鐵棒插進了自行車的車輻之間等等的狀況……都是事後才搞清楚的，當時突然被彈飛到半空中、又重重摔向地面的我哪有可能注意到這些狀況。

國中時學習過的柔道功夫在這時發揮了功效，我在無意識的狀態下擺出了能將身體傷害降到最低的姿勢，還好當時並沒有演變成骨折之類的重傷，但精神上卻承受了比骨折還要嚴重的創傷。如此不合常理的意外著實帶給我莫大的衝擊。

唔……

在那種混亂的狀態下，意識已模糊不清的我仰倒在地，換句話說，我是面對著天空躺在柏油路面上的，此時有一名人物湊上前來窺視著我的臉孔，同時遮斷了我的視野。

人物，這種用詞似乎是有些誇張了。其實我自己也不曉得這種說法恰不恰當。因為那個正露出興味盎然的表情緊盯著我的人，是個看起來還很稚幼的小女孩……不對。

這種刻意迂迴的、過多描寫的敘述方式簡直像是在寫小說一樣嘛。我明明再三告誡過自己這不是故事而是事件，不是小說是曾發生過的事情，所以一點都不需要過度的文字贅述，想不到因為職業病的關係，我還是不由自主說了這麼多。

遇到這種情況，應該只是單純的職業病發，而不是個人的習慣顯露出來了才對。將過去曾發生在自己身上的那起事件、那段往事以這種方式敘述出來，或許是我本人企盼著能藉此將那個孩子編寫進虛構的世界裡吧。

這夢想若能成真就再理想不過了。如果能把那段過去、那種精神創傷變成故事中的一環，我應該就能得到救贖。但我也不得不意識到，這種想法實在過於自我矛盾了。

畢竟如果沒有發生過那件事，肯定就不會有現在的我。先不管我會不會因此而無法成為一名小說家，但寫故事的執筆速度絕對不會像現在一樣。

所以我無法否定那一段過去，更別說把它當成虛構出來的情節了。我必須認同那起事件是確實存在的現實，我必須牢牢記住才行。

但不能過度贅述。

於是我只需要說明——這時候窺視著我的小女孩就是一個星期前我所目擊的、那個在衝到朋友身邊之前還不忘將電玩遊戲確實存檔的女孩子——除此之外絕對不要使用什麼奇怪的比喻。

除了不要過度渲染文筆之外，我還是得確實敘述出真正的事實才行。其實當時，我並沒有馬上認出那個窺視著我的少女，就是一個星期前的那個女孩子。

因為那時我才剛被彈起又重重摔落地面，除了腦子混亂得搞不清楚狀況，意識也變得模糊不清。但更重要的是，我從以前就很不擅記住別人的長相。

說出這件事，可以當成是變相的公開自己就是與社會格格不入，換言之，對像我這種希望被大家當成怪人的傢伙來說，這可是相當值得自傲的一件事，說得誇張點就是我從來不記得別人長什麼樣子，其實「記不住」才是正確的說法……但這樣的解釋聽起來好像是我的記憶力有什麼問題，恐怕會讓大家誤會了。我個人是真的覺得很自豪啦，但又不免有些擔心，單純以記憶力而言，我還挺有自信的。但有自信歸有自信，我還是沒辦法記住別人的長相。為了記住別人的長相而下足苦工，那種努力的過程我也完全無法理解，這或許才是最貼近事實的說法吧。

就像覺得出現在電視螢幕裡的藝人看起來全都一樣，或是沒辦法分辨雜誌封面的偶像有哪裡不同，我想不管是誰都曾經遇過這種狀況吧。只要說出名字就好像曾在哪裡聽過，但放眼望去，每個人怎麼看都長得一模一樣之類的……就跟以上的比喻差不多，只是我對於近在身邊的對象也常分不清楚誰是誰。

當沒興趣的類型出現在眼前時，人類似乎就會出現這種現象。為了讓大家更容易明白，就用小說來比喻好了。在我這種重度推理小說迷眼中，推理小說可是有許多繁細的分類區別的，但在一般社會大眾的眼中，推理小說就是推理小說，全都是同一類型……唔，不對，用顏色來比喻應該比較容易理解吧。在畫家眼中，綠色、淺綠色、深綠色、淡綠色還有鉻綠色全是不一樣的色彩，但由不是畫家的人來看，那些色彩全都叫做『綠色』……奇怪，怎麼好像愈說愈糊塗了，總而言之，我就是沒辦法區分人類的長相。確實只要見過面、聊過天、說起誰是誰的時候，我還是認得出來，但如果那個人不在現場，就算給我看了那個人的照片，我還是完全搞不清楚。是不至於會說出「這不是我認識的人」，但也說不出「我認識這個人」這樣違心之論。我實在沒辦法把照片裡的這個人跟我認識的那個人當成同一個人。

「老師啊，簡而言之，您就是對人類沒有興趣嘛，像你這樣的人居然還敢恬不知恥地說要當一個作家呢。」面對這樣的指責，我當然會難過得垂頭喪氣，但如果能給我一個自圓其說的機會，就讓我主張正因為如此我才會立志當一名作家啊。為了搞懂人類，我才會努力想成為小說家。無論如何，這確實是我想成為作家很重要的動機之一。以將來的夢想來說，這樣的理由是有些怪異，但若把職業當成生存的目的，我認為這樣的選擇是很正確的。

話題似乎有些偏離了……總而言之，一開始我並沒有認出眼前這個窺視著我的少女，就是一星期前遇見的那個女孩子，相反地，我還以為她是擔心我而特地跑過來關心狀況的親切小孩呢。

看在無法區分人類的我眼中，小孩子怎麼看都只是小孩子，因為已經說好不要具體地詳加描述，我也不打算說出少女的外表如何又如何，就任由各位讀者去想像吧，不過我倒是可以透露一點助長大家對少女的想像，那就是——她看起來就是十足像個小孩的小孩子。至少從外表看來，她並沒有任何異樣之處。

這並不是杜撰出來的故事，也就是說，她只是個普通的小孩，是個再普通不過的人類。

雖然是再理所當然不過的事。

「…………………」

少女似乎開口喃喃說了什麼，但聽不清楚。當時我的意識已經相當朦朧，但另一個原因大概是少女的聲音實在太小了，而且她似乎不是在對我說話，也不是為了確認我還有沒有意識才出聲呼喚。換言之，她只是在自言自語。

直到現在，我還是不知道少女當時到底說了什麼，試著努力推敲一下，回憶少女當時嘴部的開合動作，我在想，少女或許是這麼說的：

『沒有受傷嗎？』

重複一遍，這只是我的想像。從之後我所認識的少女性格與當時的狀況考量，才會做出也許可能說不定是這樣的推測。事實上，她所說的可能壓根不是這種會留下印象的字句。也許她當時只是喃喃自語著『肚子好餓啊』之類的，想想似乎也不是不可能的事……總而言之，如果是她，說出這種話也沒什麼好大驚小怪的，反而更讓人覺得合理。

用不著多加著墨，我想讀者們應該都已經猜到了……可是這時還仰倒在地的我並不知情……那個拿鐵棒插進我所騎的自行車輪輻裡的犯人不是別人，就是這名少女。

明明是自己做出如此粗野的犯罪行為，卻還擔心彈飛出去的被害者有沒有受傷的純真少女。

如果她真的有說那種話，也未免太過恐怖了。剛才我也說過了，只要有一點想像力就該知道把鐵棒插進自行車的輪輻裡會引發怎樣的下場，就算缺乏想像力也該知道這原本就是被禁止的危險行為，可是少女真的是什麼都不懂才做出這種舉動，事後也完全無法理解為什麼會變成這樣。

有哪裡出現了偏差。基本來說，她就是有哪裡不太對勁。

只是這時候的我，因為沒聽清楚少女到底說了什麼，當然也就沒有為此感到驚懼戰慄，唯一能感受到的只有布滿整片背部火辣辣的疼痛，還有對特地過來關心我有沒有問題的少女的感謝之情，然後我就失去意識了。

對了，我要針對一事稍作修正。

這個時候，我的越野登山車已經被破壞得再不敷使用了，但刺穿車輪的並非鐵棒。

而是國小音樂課會使用到的直笛。一支高音直笛。

9

說是失去意識，其實只是短短一瞬間的事。回溯那段記憶，我感覺似乎在柏油路面上昏死了大半天左右，但這場意外畢竟發生在都市裡，一個大學生——而且還是個體型還算壯碩的男人，實在不太可能成大字型昏迷被長時間放置在人行道上無人理會。我可不記得自己是在這麼沒有人情味的城市裡求學的。事實上，在成為作家後因摩托車而起的那場交通事故一發生，我就立刻得到旁人的救助了。

我起身環視周圍，發現少女已經不在了。不對，準確地來說，當時我的記憶太混亂了，醒過來時根本不記得那個在暈厥前直盯著我看的少女。換言之，我那時正處於半夢半醒的恍惚狀態，那究竟是我在現實中看見的少女或只是腦海中的幻想，我真的搞不太清楚。不，不管是現實或夢境、不管她真實存在與否，其實我根本沒想那麼多。

比起那個少女，我只覺得無比丟臉，都活到這把年紀了，居然還會在人來人往的大道上摔了這麼一大跤，這樣的事實令我羞愧得無地自容。

當時發生的若是摩托車的意外事故，狀況就又不同了，但都是個大人了居然還會『摔倒』，有過這種經驗的人應該都可以明白吧，那真的是非常丟臉的一件事。事實上，普通大人是不太有機會用全身來感受地面觸感的。說是大人，也不過是十年前我正值青年的時期，總之自覺就是這麼一回事吧。

如果你的人生有這種空閒就試試看吧，在安全的場所（千萬不要跑到大馬路上做這種嘗試，如果不想被輾得四分五裂的話）、在柏油路面上，請試著躺下來（當然不用刻意撲倒啦，只要悠閒地慢慢躺下去就了。我個人推薦以仰躺的方式）。應該能找回許久不見的童心才對。我敢保證一定也會伴隨著許多孩提時代令人討厭的回憶。

光是摔倒這件事就已經讓我覺得無比羞恥了。醒過來後，我只恨不得能早一刻離開現場，根本沒多餘的心思去理會暈倒前窺視著自己的那名少女是否真的存在。

當然，如果我能想起少女就是一個星期前我所目擊到的那名少女，可能不管遇到什麼狀況都不會在乎丟不丟臉了，只可惜我實在沒辦法靠外表區分出人類。不以外表判斷一個人的好壞，說起來還真是高雅聖潔啊，但在這種狀態下完全不是那個意思。顯露出的反而是我沒辦法認清每個人所具有的特質，說是程度低劣也不為過……但這又是另一回事了。

確認全身上下都沒有見血，似乎也沒有骨折之後，我這才往自行車所在的方向走去。感覺明明像是被彈飛了幾百公尺，但事實不過就短短幾公尺的距離。

也許有人會質問我：「看到插在輪輻間的直笛——那支高音直笛後，你怎麼還能氣定神閒一點都不疑有他啊！」我也只能回答：「就是氣定神閒啊。」但誰又能想像得到呢？想像那個瞄準自己所騎的自行車車輪，用力扔出直笛的小學生身影。

那樣的構圖未免太過滑稽，其中還包含了只會把人逗笑的瘋狂啊。至少在虛構故事的世界裡是不會做出那種描寫的。因為是事實我才把這件事說出來，但又擔心大家會不會不肯相信。

總而言之，基於現實層面的考量，我認為『這支直笛應該是哪個小學生不小心掉在路旁，因為某種反彈作用才被捲入我的自行車輪輻之間』。從現場留下的物證來看，我也只能做出這樣的判斷。光是能做出如此基於現實考量的判斷，我就覺得自己夠了不起了。考慮到必須面對愛車——我那臺絕對不便宜的登山越野車已變得殘破不堪的心境，我應該可以說是相當理性了吧。

也可以說我的感情細胞全都死光光了。

於是我扶起半毀的自行車，也順手撿起了那根直笛。要是把它留在現場，說不定會有其他自行車發生跟我同樣的慘劇，所以我認為應該把它移到別的地方才對。反正這根直笛已經傷痕累累無法再被當成樂器使用了，就算把它留在馬路中央也無濟於事。

掉了這根直笛的小學生還真是可憐啊，搞不清楚狀況的我居然還同情起別人，真是有點可笑。

總而言之，最後我就推著後輪已毀的自行車繼續前往大學。完全沒有注意到我的學生證被人從錢包裡偷偷拿走了。

10

當時的我也知道有種會表面假裝關心，實則是想竊取他人財物的犯罪者存在。但我沒想到自己竟然會淪為被害者，我甚至想都沒想過遇到這種狀況的可能性。如此說來，當時的我的確不像現在這麼疑神疑鬼的。

現在的我很怕扒手，不管是坐電車還是坐飛機時，我都完全無法入睡。更何況是在人來人往的大道上，就算只是陷入短時間的昏迷狀態，清醒過來首要做的應該就是檢查錢包和自己身上的所有物才對。

唔，不過當時我還有得趕去學校上課這個明確且重要的目的，有些地方沒辦法顧慮周全也是理所當然的，儘管如此，也不能說當時的我就擁有豐沛的人性啦……

如果這一天在課堂上有使用到學生證的機會，我或許就會注意到學生證從錢包裡消失了，但我並沒有這種機會。做為必要的情報，我就先在這裡公布好了，那張學生證上記錄了我用來生活的套房公寓住址。

把壞掉的自行車停在停車場裡（推著後輪扭曲變形的自行車走路可不是一件容易的事，想到還得一路牽回家我就感到十分厭煩，明明還有其他更該感到厭煩的事才對），我總算勉強趕上第一節課，那一天我在大學裡度過了普通的一天。因為之後我暫時離開了校園一陣子，那一天應該可以算是我所度過的最後一天日常生活吧。

說是這麼說，但為了我渺小的名譽著想，我必須強力聲明自己並沒有遲鈍到連一點不好的預感都感覺不到，所以我才會把原本只是想幫忙移個位置的那根直笛帶到學校來。直笛已經傷痕累累到沒辦法再被當作樂器使用了，既然如此，隨便找個垃圾桶丟棄不就好了嗎？不，我絕對不是忘了該把它丟掉，換句話說，我並不是沒有扔了這根直笛的機會，可是一想到這是某個小學生弄丟的東西，我就沒辦法輕率地把它丟到垃圾桶裡。

隨意丟棄屬於別人的東西，而且丟的還是小孩子的東西，實在很難把這種事歸類到與罪惡感無緣的範疇內。但這是別人弄丟的東西，而且因為這東西害得我從自行車上被拋飛，出了一場小車禍，親身體驗了這麼不愉快的經驗還能這麼想的我真是個濫好人啊。

只可惜事實遠比我以為的還要殘酷，只是這個時候的我還不曉得。上課時，我把不知該如何處置的直笛擺在課桌上仔細端相。既然如此，就別管之後會怎樣，乾脆佯裝不知把它丟在現場就好了嘛，或是假裝忘了就這樣擺在教室裡……當時我的腦海裡就是在想這些事。

我在課堂上閒得胡思亂想，並不是因為大學是個好混的地方，而是在課堂上我也沒有對象可以交談的關係，會有如此消極的念頭也只是剛好而已。

思緒游移時，我忽然注意到那根直笛上貼著一張貼紙。小小的貼紙用黑筆寫了幾個字。

『4－1　U』

是直笛主人就讀的班級和名字。那張貼紙上寫的當然不是英文字母，而是一般名字（用平假名寫成），但我不能在這裡公開。其實一開始我連幾年幾班都想留白帶過，但這麼一來就什麼事都無法傳達了，所以我還是寫了出來。考慮到日本有多少個四年一班，光是這點線索很難說我洩露了什麼個人情報吧，而且只需加上以下這句註解就沒問題了。『本文中出現的班級代號都是刻意更改過的數字』。

從摔倒到進教室聽課已經過了好一段時間，身體上的痛楚不再那麼明顯，我也好不容易從登山越野車的機械事故（實在太殘暴了……）打擊中稍微重新站了起來，漸漸地開始對那根直笛產生了一股異樣的感覺。

難以隨手丟棄他人所有物的心情、或是破壞小孩遺失物的罪惡感，除此之外還有各種不同的情緒都因應而生……全都圍繞著這支直笛。

話說回來，一星期前的那個少女所背的書包，好像也插了一支裝在藍色袋子裡的直笛……？我雖然記不住人類的臉孔，再重申一次，我絕對不是記憶力很差，人們的某些部分（服裝、髮型或身上的裝飾等等）反而很容易留存在我的記憶中。所以我才會在這種情況下，想起那個少女也帶著一支直笛，而我手上的這支直笛讓這些片段的記憶慢慢地連繫起來。如今仍深深烙印在腦海裡的那個少女，終於與我手裡的這支直笛產生了交集。

當然要這麼說的話，那個被大型卡車輾斃的被害少女書包裡的確也插著一支直笛（仔細想想，那一天四年一班（假）應該有音樂課吧），但既然要上音樂課，那個少女又怎麼會把高音直笛扔向我的自行車呢，這樣的理論實在難以成立。

這並不是推理，只是我的直覺罷了。

在摔倒之後窺視著我的少女視線，回想起來也是確實存在的……難以言喻的奇異不安感，正確實地一吋吋侵蝕著身在課堂中的我的心靈。

要說這是不祥的預感未免太具體，但相對地，或許也有些過於漠然了，這是之後讓我產生「果然啊」想法的伏線，大概也能當作是我在自誇吧。可是仔細想想，接下來我就得開始敘述過去的自己所經歷的殘酷遭遇了，卻只是在事前聲明自己也曾出現過不好的預感，我還真是個丟臉的傢伙啊。偶爾我也會搞不清楚自己的個性到底是怎麼回事，正如現在。

無論如何，隨著時間不斷流逝，教授的講課仍在繼續，我心中的不安情緒也不斷增大，漸漸地變得愈來愈坐立難安。我總覺得自己似乎做了什麼天大錯事。比喻來說，就像在ＲＰＧ遊戲裡迷失在一旦走錯就絕對沒辦法破關的路途上、又像是犯下無可挽回的錯誤，再不就是沒帶任何武器迷失在叢林裡之類的感覺一路竄流到我的四肢末梢。

但這都是感性上的表達方式，以理性來說，我當然是否定了為此感到惶惑不安的自己。一定是自己太多心了，實在是想太多了。所以我才會一而再地確認有沒有將門上鎖，才會一整天裡一直不斷洗手，這算是某種精神上的疾病吧……不，我明白的。雖然當時的我比現在好多了，但我還是很討厭自己的過度小心翼翼。

年復一年，我動不動就擔心東掛念西的天性有增無減，事實上，就算現在都三十歲了，在把原稿送交出版社之前，我至少會把已封緘的信封拆開三次確認還有沒有哪裡不足需要修改的地方。所以我家裡常常都會準備百份以上的信封。這個時候的我的確還沒那麼容易事事擔心，但依然是個不管是怎樣的信件在寄出前都還會再打開來檢查一遍的青年（確認有沒有放對信啦、或是有沒有不小心夾進私人紙條之類的，總是會為這種莫名其妙的事情擔心，只是現在妄想更變本加厲了），思索了太多『不祥的預感』，連我都有些受不了自己。不，早就已經超越受不了的程度，我忍不住對自己的鼠肚雞腸感到可悲。

我也曾認真地煩惱過「憑我這樣的精神狀態將來真的能成為作家嗎？」，不過看來是我太杞人憂天，因為我確實成為一名作家了，而且這個時候我該擔心、該煩惱的可不是這種事情。

讓我們接著說下去吧。在課程，也就是當天排的課全都結束後，我便放學去了。跟國中、高中或小學的情況不同，把從大學回到住宿的地方稱作放學究竟恰不恰當這點我也仔細想過，卻得不出一個正確答案，總之我回家了。時間到了就回家，就是如此理所當然的事。儘管懷抱著近似漠然的不安情緒，我還是沒有特地改走其他路線。

回想起來，我大概是那種對於改變日常生活形態很沒轍的人吧，不管是現在還是過去，我總是走同樣的路線去同樣的地方……這麼一說，我好像也總是吃同樣的食物。寫出這段話後我才意識到這一點，不管是坐電車還是坐飛機，我幾乎都是搭上同樣時間發車／出發的班次。對於預定外的狀況和突如其來的意外，我似乎都有些厭惡的傾向。

對於工作也是如此。我現在都是每天早上五點起床開始寫作，以這種行為模式當一名小說家，但相反地，要是沒辦法在早上五點醒來的話，那一天我就沒辦法工作了。真的是連一個字都寫不出來。如果有哪家文具廠商製作出以十分鐘為單位的行程記事本，我肯定會買上個幾百本吧。我所追求的就是完全按表操課的生活。

我明明想當個怪人，卻又厭惡日常生活發生變化，連我自己都搞不懂這是怎麼回事。我不禁會想，世界上真的有這種傢伙嗎？這種傢伙存在於世界上真的沒關係嗎？話說回來，有段時期我很討厭麻煩製造者（Trouble Maker）這個字眼。我想，我討厭的應該是這個字眼裡隱含的那種微妙積極感吧——那樣的我，現在卻老是寫一些有麻煩製造者出現的小說，人生還真是不可思議啊。而那樣的我在某天遇到了意外狀況……也就是目睹了一場交通事故，沒去學校而是直接回家，果然也是因為感應到某種預感的關係吧。

而我卻選擇對那樣的感應保持緘默，對於只要唯唯諾諾順從就好的事情，我卻反其道而行，選擇像平常一樣去大學上課，再像平常一樣回家，連我都不禁對自己如此喜歡規律的作息感到無奈。

經歷過之後的經驗，如果我能稍微學會教訓，也許就不會有現在這個過度喜歡規律生活的我了吧，說是這麼說，但就算經歷了之後的那些經驗，我還是一點都沒學乖。正因為照著日常規範行動，才會讓麻煩找上身……我總是一如往常地走在意外的種子已然開花結果的道路上，卻沒學會別總是過得這麼一如往常。可是啊，就算大家都苛責我是個學不會教訓的男人，就算我明知道眼前這條路上埋著地雷，我還是一如往常地選擇走過這條路吧。一如往常地。

在當時，我也『一如往常地』回到了公寓。不，更確切一點來說，跟平常不太一樣，我不是騎著登山越野車，而是一路推著它走回來的，所謂的日常規律在這個時候就已經算是崩解了吧。在有打合約的停車場裡，我把令人煩惱不知該丟棄還是該送去修理的登山越野車停好（這一段我故意寫的很有小說風格，而且這跟故事本身完全沒有關連，所以我就先爆個雷好了，到頭來我還是把這臺登山越野車丟掉了。這也是我直到現在依然保有的壞習慣，我對於『送修東西』這件事非常不擅長。不管價格再怎麼昂貴的東西，就算送去修理也花不了多少錢，但每當東西損壞時，我就會淘汰買新的。我認為東西就該使用到壞掉為止，壞掉了也就表示那東西的壽命已盡，這就是我的思考模式。所以我從來沒有申請過家電製品的保固延長服務。因為我並不需要故障時的維修保固。要說這又是怎麼樣的心理呢，大概就是不想讓別人觸碰我的所有物吧。所以我把那臺登山越野車丟了，後來又買了相同款式的新車），然後走進公寓裡。

那裡的確是我曾住過的地方，但都是十年前的事了，其實我已經不太記得究竟是一間怎麼樣的公寓。我並沒有想當井原西鶴（註2）的意思，但自從我開始一個人生活後，很頻繁地平均一年就會搬一次家，所以說這個時候我住的究竟是間怎麼樣的公寓，我的記憶真的相當模糊了。現在我最想記起來的，就是房門有沒有自動上鎖功能……不，我想應該沒有自動上鎖的功能才對。以之後的發展來說，如果是自動上鎖的門那就怪了。

那時候的我到底是住在怎麼樣的公寓裡呢？寫出來的話大概就能鎖定是哪一帶的房子了，不，我當然不會公開這一點。雖說是十年前的住處，但還是會洩露個人的情資。那棟公寓現在一定還存在著，裡頭一定也還住著人吧。

我走進公寓，爬上了樓梯。明明是棟六層樓高的建築，這棟公寓卻沒有設置電梯，而我就住在公寓的六樓。當時還很有體力的我並沒有想得太多，現在回憶起來根本就和苦行僧沒有兩樣。我誠心祈禱那間公寓如今已經改建成一棟有裝設電梯的寓所了。

走到自己租貸的套房門前，到了準備把門打開時，我終於發現鑰匙並不在身上。

奇怪？

是在摔倒的時候弄丟了嗎？

腦海中浮現再普通不過的疑問，我找遍了身上每一個口袋，也仔細翻過包包的每個夾層。我原本就是個極其謹慎的人，應該說我本來就是個過於膽小又神經質的人，很少會有掉東西的時候，可是有的時候還是會不小心把錢包或手錶忘在出外旅行時住的旅館

2　井原西鶴（1642~1693）。江戶前期的浮世草子（江戶時期的一種小說類型）作者、俳士。著有「好色一代男」、「本朝二十不孝」、「日本永代藏」等書。

裡（出外旅行時，我不會在錢包裡放除了錢以外的貴重物品，從這種地方就能看出我謹慎的個性）。對不是這種個性的人來說，或許很難理解這樣的思考邏輯，但因為我平常就是那種會一再確認每個小細節的人，一旦發現鑰匙不在自己的口袋裡，比起焦慮不安，反而還滿能平心靜氣接受這樣的結果。懷著「都那麼謹慎注意了卻還是弄丟，這也是沒辦法的事啊」的乾脆和「就是因為會發生這種事，平常在小地方就很謹慎的自己果然沒錯」的開朗，我反而會挺開心的，然後就漸漸變得愈來愈彆扭不坦率。這裡敘述的對象雖然是過去的自己，但要以客觀的角度書寫真的很不容易。如果能把過去的自己和現在的自己切割開來就算了，偏偏長到三十歲，我的個性依然沒有半點改變。

出人意料的是，我這才發現就算沒有經歷過精神創傷，我好像本來就不太正常。這麼一來，我究竟夠不夠資格去責備那名少女呢？立場似乎變得有些微妙了。不對，應該是有的。我應該是有資格去責備她的。只要一想起在這之後襲向我的悲劇，不管我對那孩子說了什麼、不管我選擇以怎麼樣的手法來表現，應該都是可以被原諒的。

這時候雖然已經注意到鑰匙不見了，卻沒有發現學生證也不在自己身上。所以直到這個時候，他都還沒有意識到自己陷入了怎麼樣的窘境之中。如果可以的話，我真想從名為現在的未來向過去的自己出個聲，要他再多注意一點。

但相較之下，我還算是相當冷靜的，先和公寓管理公司取得聯繫，請他們用備份鑰匙幫我把門打開……不是這樣的，既然鑰匙都弄丟了，為了小心起見，還是得請他們幫我換一副鎖才行……我連這種事都想到了。

然後我又摸了摸口袋試著再找一遍，經過再三確認還是找不到鑰匙，便拿出手機按下為了這種時候而特地輸入到電話簿裡的管理公司電話號碼，與他們取得聯絡。

得到的回應是鎖匠會在三個小時後直接到公寓去，請先把換鎖的錢準備好等著。在回到家之前突然多出三個小時的空白時間，我該如何打發呢？其實也沒什麼特別的事好做，就到附近的書店（說是附近，也是相隔好幾公里的距離）買幾本書，到公園看書來打發時間。

明明應該有更具意義的消磨方式……不對，身為一個以成為作家為志向的年輕人，怎麼能說看書不是有意義的消磨時間方式呢，可就算如此，還是有所謂的但書存在。

不是還有其他更應該做的事嗎？

像是衝去找警察求援之類的……總而言之，一定有什麼其他更應該做的事。

但我什麼也沒做，只是花三個小時看完一本書，心想著這本書還真是有趣，邊動身回到公寓與鎖匠碰頭，請他幫我打開房門。

換鎖的作業前後加起來不到三十分鐘。

這是我第一次看見玄關鎖頭的構造，忍不住有些雀躍，我心想這應該可以用來當作以後寫小說的參考吧。只不過直到現在，我從來沒有機會在自己的小說裡寫出為玄關大門換鎖的場景。

付了（記得應該是一萬日圓左右的）換鎖費用後，我送走鎖匠，總算得以進入自己家中。

進入這個——已經被侵蝕的屋子裡。

11

少女藏身在桌子底下。

先來說明一下當時我所使用的家具吧，雖然已經換過幾張，但這個型號的書桌現在依然被我用來當作工作桌使用（這也是日常規律，所謂的一貫性），擺在我大學時代租賃公寓裡的，是像小學生使用的那種學習用書桌。桌面上還附有書架相當便利……這就是理由……不對，這都是之後才附加上去的理由。唸到大學還在用那種小學生才會使用的書桌，真正的原因就只是『從小就一直使用』的關係。

這一點又不會給其他人帶來困擾，我現在也靠這張書桌讓工作進行得相當順利，所以應該沒有關係吧。沒有任何人可以因此向我抱怨。

不管是怎樣的桌子，只要還是張桌子，小孩子幾乎都能輕鬆藏身在底下，就算今天我擺在房間裡的是可以把桌底下看得一清二楚的玻璃桌，少女也只要換個地方躲起來便成。

床底下、衣櫃裡、廁所、陽臺，小孩子想躲在哪裡都不是問題。只是她選擇的地方正好是桌子底下而已。

回到家的我先是把外套脫了扔在一旁（就算扔在房間地板上我也完全不在意，這個壞習慣我到現在都還沒有改正過來），先洗洗手漱個口，總之就是把一些瑣碎的小事處理完後，我直接走向書桌，打開了文書處理機。

當時我也是在寫小說……應該說，寫的是投稿用的小說，使用的卻是文書處理機。對於電腦我實在沒辦法輕易出手……不，我是根本沒有出手。對過著日常規律生活的我而言，走在時代最先端的技術和機器全都是該小心戒備的對象。就連行動電話，我也是觀望了好長一段時間才終於購買的。我想當個跟不上時代潮流的怪人，我無法否認這的確是很大的原因之一。我也不是不喜歡新東西，但不管怎麼說，工作上的必要性——也就是把那些先端技術當成資料購買，我個人是比較偏向如此啦。

順帶一提，文書處理機，也就是所謂的 word processor 現在已經停止生產了。我曾經調查過，電腦搭載了太多機能，先不說其中那些可能一輩子都不會去使用的功用，我認為如果在工作的同時還分心進行其他瑣事，只會搞得無法專心做好一件事。我是那種在工作時連聽到聲音都會感到很厭煩的類型。世界上當然也有會開著電視或廣播邊工作的作家，但對我來說，那簡直是天方夜譚般不可思議。每到年末，當附近的工地開始進行道路工程時，我就只想遠遠地逃到一個靜謐的地方，我就是這麼一個神經質的男人。可以的話，將來我想在隔音室裡工作。只有敲鍵盤的聲音會讓我感到身心舒暢。

所以我打從心底熱切盼望有哪間製造商能推出沒有附加其他機能，只要能讓我打字就好的文書處理機。我懷抱一絲淡淡的希望，或許把心願寫在這種地方就真的會有哪間奇特的製造商完成我的冀盼也說不一定呢。

讓我們回到主題。

我打開文書處理機的電源，然後，就到這裡為止。

擺進桌子底下的左腳突然感到一陣劇痛。

是被圖釘還是什麼刺到了嗎？都怪我什麼都愛隨手往地上丟才引來這種災難，可是不對啊，不管我是踩到什麼，痛也應該是腳底覺得痛吧，小腿會感到疼痛也太匪夷所思了。

我反射性地拉開椅子，往書桌底下探看——

一個小學生模樣的少女就像妖怪般躲在桌子底下，她手裡的小刀正隔著牛仔褲刺進我的小腿。

少女沒有看她手裡的小刀、沒有看被刺破的牛仔褲，甚至沒有低頭看看我被她刺傷正流出鮮血的腿部，只是靜默地——也就是一語不發地從桌子底下抬頭望著我。

觀察似地抬頭望著我。

直到這個時候，我才終於理解這個少女就是一個星期前的那個少女，也是今天早上窺視著摔倒在路上的我的那個少女，同時她也是把直笛扔向登山越野車的犯人。直到這一刻，終於——終於所有的線索都聯繫在一起了。雖然說已經太遲。

在此同時，過去我想都沒有想過的事也一件接一件連鎖似的全都串聯起來了。

我，總是謹慎小心的我，果然沒有弄丟鑰匙。是少女趁我摔倒的時候，偷偷從我的口袋裡把鑰匙拿走了。不會錯的……然後少女就利用那把鑰匙，不法侵入到我的房間裡。她搶先一步進到屋子裡，屏息等著我歸來。

既然都注意到這些事了，我用不著再去確認錢包，因為我知道她一定也趁著我昏過去時，把登記了我住處地址的學生證連同鑰匙一起拿走了。就算不是學生證，也會是其他寫有我住處的證件。少女相當有計畫性地侵入了屬於我的領域，她就在這裡等著我。

相當有計畫性？

哪裡有計畫性了？

其實只是湊巧變成現在這種狀況罷了……對我而言，則是陷入了再糟糕不過的窘境……可是，如果要說最糟的情況，應該是我從登山越野車上摔倒時就不幸丟了這條小命，而不是鑰匙跟學生證都被偷走這種小事。況且在房間裡埋伏得冒上多大的風險啊，根本用不著想像就能知道了。例如直到剛才為止還在幫我換鎖的鎖匠……除了我以外的第三者也很可能會進到這間屋子裡來啊。要是我一時起意請鎖匠進屋來喝茶的話（要想像如此具社交性的自己真是件難事，但也不能說完全不可能。雖然相當稀少，但偶爾我也是會對其他人表現體貼的一面），到時候就會發現躲在桌子底下的少女了。桌子底下雖然是很適合玩捉迷藏的藏身之處，可是想在兩雙視線底下躲起來不被找到也不容易吧。除此之外，雖然可能性很低，我還是有機會帶朋友回家來的……唔，不過我的確一次都沒有讓朋友進到這間屋子裡就是了。

不管怎麼樣，以這一點而言，別說她的行動多有計畫性了，根本只是走一步算一步，不過也因此讓人對這名少女『不曉得到底想做什麼』的疑問愈發深植腦海。

反過來說，如果只有我一個人的話就算了，但要是還有其他第三者在場，一想到這孩子可能會動也不動地一直拿著小刀躲在桌子底下，如此怪異的行徑實在讓人忍不住倒抽一口冷氣。

「…………」

這時，少女用極微小的音量說了一句話。跟那一天為了朋友而高聲哭喊的叫聲全然不同，從她嘴裡吐出的是相當低沉的聲音。

我知道她在說話，可實在聽不清楚她說了什麼。因為她的音量真的太小了，讓我聽不清楚的另一個原因是充滿整個房間的壓迫感。

不過，她說的應該是句非常險惡的臺詞。至少絕不會在這個時候脫口來一句『初次見面』之類的招呼用語。我是這麼認為的。

「…………」

然後沉靜地、真的是非常非常沉靜地，她又喃喃自語了一聲，完全的沉靜，少女的另一隻手也掏出一把已經出鞘的小刀，一把對著我的腳，另一把則對著我的臉孔。

12

如果我得在小說的一幕場景中描寫男主角被人持刀威脅，像我——又或是我以外的其他作家，一定會在下一幕讓男主角英勇地奪過刀刃，徹底擊退那樣的暴力行徑。

但在現實世界中，想達成這一點是很困難的。手持武器的對象，基本上就是危險的代名詞。就算本人沒有那樣的意圖，只是作勢威脅才掏出刀刃，但只需要出現任何一點狀況，就會引發無可挽回的意外事故。

何況這個時候拿著小刀站在我眼前的，還是個不曉得有沒有搞清楚是非黑白的小孩子。別說一點小狀況了，就算什麼狀況都沒發生，她也很有可能隨時一刀往我身上狠狠刺下。

在這裡我得對前面的敘述稍作修正，剛才我的描寫手法有點太誇張了，我那隻被少女一刀刺下的小腿與其說是『被利刃刺傷』，其實應該用『被利刃劃傷』來表達比較正確。因為牛仔褲都裂開還流血了，我才會有受重傷的錯覺，事後仔細確認了一下，其實我的傷口並沒有那麼嚴重。但當時我只意識到被刺傷了，而且接下來她很可能還會繼續刺下好幾刀。

如果這時我別故作鎮定，只要放任自己因疼痛哀號，掀翻椅子倒在地上大哭大叫，說不定會有個比較好的結果。但面對這個刺傷自己的少女，我卻選擇擺出年長者的姿態。不過是被刺了一刀嘛，我裝出毫不在意的模樣，裝出打從一開始就知道少女藏身在桌子底下，明知她就躲在這裡卻還故意坐在這張椅子上，真是無可救藥。

如果能從未來向他喊話，我真想對這時候的自己說一句：「你就直接被她刺死吧！」唔，不過如果十年前的我就這樣死去也很困擾就是了……反正，我就是擺出那副悠哉到讓人忍不住想翻白眼的死樣子。

不，我怎麼可能在遇到這種狀況時還如此悠哉，當然是陷入無比的混亂之中，腦海裡冒出了各式各樣許多想法，也思索著是不是該像小說裡的男主角一樣從少女手中奪走小刀。

但其實根本用不著多想。因為我知道，自己是辦不到的。說辦不到太誇張了？考慮到小孩子的腕力，應該有八成機率會成功？怎麼可能。就算成功機率高達九成，我還是不會動手的。還是會做出我辦不到的結論。

問題就在於對方只是個孩子啊。就如同我剛才所說的，是因為某種契機，就算沒有任何契機也好，少女都已經對我亮出小刀了，我要是真的動手和她爭奪那把小刀，那把刀很可能會不小心劃傷少女的肌膚，要是在她臉上留下嚴重的傷痕，就算在法律上我是屬於正當防衛，我終其一生也會為此所苦吧。不，說不定還不只是受傷。譬如說，那把小刀若是深深插進腹部，就算運氣好一點，小刀避開了重要的器官部位，但也很可能會因出血過多而死。畢竟小孩子的身體不比大人，稍微一點點的出血都很可能喪命不是嗎？要是演變成那種狀況，光是懷著罪惡感也難以贖罪吧？我的精神可能會因此變異，比現在還要嚴重許多的變異。

說了這麼多，聽起來好像我對眼前這個拿刀指著我的對象相當顧慮，我不肯動手當然還有第二個理由，而且這一點對我而言才是真正重要的。

想要成為作家的我，在相互爭搶那兩把小刀的過程中，只要有一成的可能性會傷害到我的手指，不，就算只有百分之一的可能性，我就不可能豁出去做這種賭注。我想都不敢想要是有個萬一，要是我不小心被刀刃割傷的話……說出這種話後，也許又會有人覺得我在誇大其詞了，如果要坦率地說出我這時候真正的心情，那便是「還好被刺傷的是腳而不是手」。

我想，那些想成為作家的人們都會認同我的論點吧。如果是現役作家，一定更能理解我的想法。直到現在，我還是認為自己的判斷是正確的，不管之後會有什麼下場，我沒有一絲迷惘地認定十年前那個沒有做出抵抗的自己再正確不過了。『不用刀就能殺了○○呢～』這辭彙可以在○○中任意添上各種職業名稱，若想殺了一個作家，一把刀真的就很足用了……不對，不管想殺了什麼人，有把刀應該就很充足了吧，我想表達的是

「作家更是如此」的意思。

所以我沒有反擊的能力。完全沒有反擊的能力。要是因此傷了我的手，那還得了啊！

如果少女只拿了一把小刀，我說不定還有逃脫的機會，但當她兩手都持有武器時，我真的無計可施。在我擋下其中一把刀時，也許另一把就會直接朝我襲來了。

「…………」

我能做的只有聽著少女唸唸有詞……在這種狀態下，不管思緒再怎麼混亂，我沒有亂了手腳的原因不只是因為正打腫了臉充胖子，如今回想起來，也許我心裡某處早已經接受了這樣的安排。

沒錯，就跟在發現弄丟了鑰匙時，浮上心頭的『果然還是發生這種事了』進而接受的心情一樣。遇上眼前的危機，我反而有種鬆了口氣的感覺。

話雖如此，就算是我也不可能預測到『有少女埋伏在房間裡對我掏出刀刃』的狀況而處處謹慎留意。只是覺得如果是一個星期前目擊到的少女『大概會做出這樣的事吧』，所以心境上才會坦然接受，也得以保持冷靜。但在這種狀況下，這種冷靜根本是多餘的。

一部分的感情已經死絕的我，其實在過生活這點上還算挺便利的。像在遇到考試週期時就是相當重要的利器，不管心裡的慘叫早已哀鴻遍野，或是傳來多尖銳刺耳的噪音，我都能靠理性挺過一切災厄。現在也是多虧了那死絕的情感（對一開始就不存在的感情表達感謝好像也有哪裡怪怪的），我才能達成月產一千頁以上原稿的痛苦修行（把工作當成苦行實在不太好，但我認為這句話才是最合適的詞彙。其中也包含為了達成目的而禁欲的意義。『自己都寫得不開心，怎麼能讓讀者覺得有趣呢？』這句出版業界流傳已久的俗話，我還真想問問是從哪裡傳出來的。不削減自己的骨髓肉身，又怎麼能讓人們感到歡愉呢？）。

可是這個時候，至少在被小刀抵著的這一瞬間，與其心旌動搖，我反而希望能與那把小刀正面相對。不管在其他方面有什麼欠缺的，只要還能保有冷靜，就算不是我這種會亂七八糟想一堆有的沒的人，最後也會得出當對方持刀時就不該抵抗的結論吧。

在這種時候能成為英雄的，就是那種會表現出娛樂產物主角才有的行動力的，大概只有腦子發熱的笨蛋吧。那種只是帶點小聰明，卻自以為聰明的傢伙就是會在這種時候把自己推入泥淖之中。還以為自己有多賢能呢。

不知道究竟過了多久，畢竟我也沒有多餘的空檔去注意時鐘。

面對那個邊觀察我的反應，嘴裡邊小聲地唸唸有詞的少女，我只能目不轉睛地凝視著她。若是移開視線，說不定她就會趁此機會往我身上狠狠刺下一刀。但她也是個教人難以直視的對象。因為完全看不透她到底在想些什麼。

沒辦法區分他人臉孔的我，往後不管身處在如何人潮擁擠的地方，無論經過多久，就算是十年後的現在，我一定也能一眼認出這名少女吧。因為我們曾這麼長時間地互相凝視……不是的，並不是這個原因，而是因為我發現她有種非常不同於常人的特殊性。

我想，說不定這孩子的感情也死絕了吧。拿刀刺人這種行為跟壓力只有一紙之隔，但反過來說，不為樂趣卻能做出這種事的少女簡直就像個背負著PTSD（註3）的戰地軍人一樣。也許有人會認為把居住在和平日本的小學女生比喻成戰地軍人未免太過滑稽，甭說別人了，連我都為自己當時對少女所做的評價感到詭異，但我對少女的感想就是如此，這也是沒有辦法的事。

朋友被車子輾得四分五裂悽慘死去的悲哀，和就算如此還是得把玩到一半的遊戲找到定點存檔才行的堅持，能讓這兩種心情毫無牴觸同時存在的少女就跟我一樣，不，她遠比我更加激烈，也許她的感情已經全部死透了。

我就是這麼想的，這也是沒有辦法的事。

我一直都明白，自以為能夠理解他人，在與人來往、在人際關係的構築上是最要不得的想法。我一直都明白？不對，我根本什麼都不了解。否則在幼少年時期就不會好幾次、好幾十次重複同樣的失敗了。一直到現在，我也不斷重複著相同的錯誤。自以為能互相了解，卻只是不斷給周圍的人們帶來麻煩。人類就算不互相理解也能相處得很好，腦子雖然能明白這個道理，卻沒辦法付諸實行。我體內感情尚未死去的部分太礙事了。怎麼不快去死一死啊，我打從心裡這麼想。對我的心。

「……………來……」

這時，我彷彿第一次聽見少女的聲音。所以我反問了一聲。聽是聽見了，但只聽見語尾還是不算聽懂她的意思。雖然不知道該用怎樣的方式、怎樣的語氣跟拿刀對著自己

3　創傷後心理壓力緊張症候群，指心靈受創後對承受壓力產生障礙，超越忍耐極限的壓力。例如在遭遇過戰爭、災害（地震等等）、恐怖攻擊、意外事故、犯罪事件後造成的身心障礙。

的小孩子說話才好，不過眼前的狀況總算出現轉機，我可不能平白失去這個機會。能再說一次剛才那句話嗎？說出這句傳達希望的臺詞時，我的聲音一定都走調了吧。

其實不管她手上有沒有拿著刀，我幾乎從來沒有跟小孩子說話的經驗，就算是那幾次絕無僅有的經驗，我的聲音一定也都走調了。說句真心的，與其要我跟小孩搭話，還不如跟同年級但不認識的女生說話來得輕鬆。

但在這種情況下，也沒辦法說出那種任性的話就是了。我擠出所有勇氣，在稍有差池可能就會發生血腥慘劇的緊繃狀態下，第一次向少女出聲。

「……來……」

少女開口了。大概是從我的反應明白我還是沒有聽懂她說的話，於是又說了一遍。

「站起來。」

她說。

「站起來。」

我把這句話當成神明下達的指令，立刻從屁股緊黏著的椅子上站起身。也許有人會說：「居然乖乖聽小孩子的話，你也太丟臉了吧？」的確是這樣沒錯，如果真的覺得我太丟臉讓人看不下去，我只能勸你這本書就別再繼續看下去了。因為從現在開始，幾乎每一幕場景我都會乖乖聽小孩子的話。如果不想看到我那麼難堪的模樣，就當作我的回憶到此已經告一段落，快點把這本書闔上吧。就當他已經被少女刺殺身亡了。

反過來說，現在我還能像這樣繼續活著，也是因為這個時候我對少女所說的每句話都言聽計從的關係。所以若是期待我拿出男人的一面表現魄力，我也只能勸你把這本書闔上別再繼續看下去了。為了活下去，就算是小孩的話我也會聽的。不管再怎麼丟臉難堪，這都是我的真心話。任誰都會做出同樣的選擇不是嗎？不，不是這樣的，如果有那種貫徹自己的尊嚴寧願選擇死亡的人存在，我當然也覺得很厲害，能貫徹尊嚴是件了不起的事。可是，死是不行的。

一從椅子上站起身，被刺……被劃傷的小腿所傳來的尖銳疼痛也跟著倍增。我幾乎就要當場蹲下去。但少女對我下達的命令是『站起來』而不是『蹲下去』，所以我當然不能蹲下去，必須繼續站著才行。

因為從椅子上站了起來，少女與我之間的距離也被拉開了。少女正避開椅子從桌子底下鑽出來，以位置關係來看，或許可以不用手而是一腳將她踢開。也就是所謂的前踢。我學的是柔道，並不是著重於打擊的格鬥技，尤其對踢擊根本不拿手，但踢個小孩子哪需要什麼技巧。她就站在容易踢中的位置，這個時候我只要瞄準少女的臉部一腳踢出去，或許整起事件就可以到此告一段落，所有讀者也能安然闔上這本書了。雖然是很殘酷的事件，但至少不會留下深刻的精神創傷，而現在的我也不會存在，將來可能會是一個產量還算過得去，卻是個相當踏實的作家，但事情發展並非如此。

我對於踢一個小小的少女，心裡很是抵抗，這並不是謊話。如果怕被別人誤以為我是故意耍帥才這麼說的話，或許不該扯出這樣的理由，但事實就是事實，我必須照實敘述出來才行。踢一個毫無防備從桌子底下爬出來的少女，和踢一個雙手執刀恐嚇別人的少女都是一樣的，我真的沒辦法做出那種行為。

除此之外還有另一個理由，這個理由完全合情合理，一說出來就能獲得眾人的認同，就是即使我想踢，但我的腳已經受傷了。不管是要以受了傷的腳來踢，還是用受了傷的腳當作固定平衡的軸心都相當困難……我是這麼想的。總之我就是很迷惘，受了傷的腳到底能不能確實踢倒少女？真要踢的話，又該用哪隻腳來踢？要是有時間考慮這些事，就該在考慮之前一腳踢下去才對。

這些如果都是算計就太恐怖了。

我的意思是，少女為了確保自己能安全地從桌子底下爬出來，為了不在出來時遭受攻擊，所以才先發制人，帶著威脅意圖割傷我的腳的話，那樣的城府心計實在是太恐怖了。

但在此同時，如果這些都不是經過計算的，那也是很恐怖的一件事。

如果少女並沒有什麼特別的目的，也不具任何意義，只是單純因為『有東西擠進自己藏身的桌子底下』而刺了我的腳一刀……世界上還有比這更恐怖的事嗎？幾乎都可以追加寫進百物語（註4）裡了。

結果在少女從桌子底下鑽出來，站直身體，重新握好手裡的小刀之前，我就只能像個老練的管家在一旁沉默地看著她。

仔細想想，這還是我第一次看到少女的全身，而且還是正面全身。一開始當我『目擊』到少女的時候，看到的不是背影就只有半身，要不就是蹲下身抱住她朋友頭顱的模樣；第二次是騎自行車摔倒的時候，看到的只有她的臉孔……就連在剛才，我能看見的

4　春夏的夜裡聚集數人講的恐怖故事。每說完一個故事就會吹熄一根蠟燭，當說完一百個故事變得一片漆黑時，就會出現真正的鬼怪。

也幾乎只有她那張臉而已。

反正之後的敘述中也必定會提到，我就在這裡直接明講了。整體而言，她看起來就像是個『似乎很有教養』的女孩子。她的服裝和髮型都給人這樣的感覺。最近因為工作取材的關係，我遠赴了法國一趟，對這趟旅行留下印象最深的感想就是『小孩子看起來都很有教養』。這裡的父母都很疼愛孩子吧，那個國家帶給我這樣的感覺。這種想法並沒有以任何資料做為基準，單純就是我個人的觀感印象，說不定事實壓根不是如此。只不過說到 Baby Car（嬰兒推車）這個日式英文，國外好像多半稱為 Stroller，在那個國家裡，小孩在長得很大之前確實都會一直坐 Stroller。以日本人的眼光來看，大概可以說是『疼愛期很長』吧。或許就是因為疼愛期很長，才會顯現出孩子的教養態度，我覺得似乎也不是一件壞事。但這也是我沒有根據的妄想就是了。

無論如何，我對少女的印象就是『看起來很有教養』。這只是基於她的外表所歸納出的印象，以內在層面來說，我實在不認為她有好好接受過教育。如果是有接受過良好教育的小學四年級學生，在接過做為課堂教材的小刀時，就該知道不能把刀刃對著別人。就算老師太失職，沒有教導學生不該這麼做，應該也要懂得這個道理才對啊。不用別人提醒，也該明白不能這麼做吧。所以在這個時候，我也沒有對少女說出「不能把刀鋒對著別人喔」這種話。我並沒有了不起到可以去教育別人的思想，況且對一個正拿刀威脅他人的少女，我想不管說什麼都只是白費力氣，老早就抱著放棄的心態。

可是反過來說，關於少女的內在層面，我當然也沒有因此對她做出『真是沒教養』的評斷。『有教養』的相反詞就是『沒有教養』，我認為所指的應該較為偏向內在層面，但是拿刀對著我的少女並沒有『粗魯』、『亂來』、或『蠻橫』這些特質……她看起來完全不像那種是在理所當然會持刀恐嚇別人的世界裡活過來的女孩子，如果我沒向大家傳達這個事實，對少女也未免太不公平了。不過在這種狀態下，根本就沒有什麼公正公平可言……

該怎麼說呢，就把我能不能好好表達當作是種賭注吧，『少女只是拿刀對著我』這就是我感受到的印象。其中，個人的意志或感情都相當稀薄。

一部分的感情已經死絕了，又或是大部分已經死絕了——關於我對她所做的預測，說不定出乎意料地並非只是虛設。

接著再說到體格上的差距。我大概比一般男生的平均身高再高一些（我的意思是在事發的這時候，跟現在的數據相比說不定只有平均身高了），少女的身材則很符合小學四年級學生的年紀而相當嬌小，在我記憶中對她的印象，彷彿只到我的膝蓋，但只到膝蓋確實是矮過頭了（如此一來，她連蹲都不用蹲就能躲進桌子底下吧），這畢竟只是我記憶中的印象，實際上看起來應該有到腰部吧……可即使是如此，我與她之間的體格差距也夠明顯了。

……那兩把小刀大概只有我的無名指長度，我不知道這樣足不足以消弭我們之間體型上的差距。但至少在『不知道足不足以』這一點上，我說不定還是有贏面的。

當她躲在桌子下、躲在陰影裡時，無法看清全貌的少女是很恐怖，但當她走到日光底下（當時的時間已經過傍晚了，與其說日光，應該是走到日光燈底下比較正確），少女再怎麼樣也就只是一名少女……我並不覺得她像個妖怪、或是什麼怪物。

可是好恐怖，還是一樣好恐怖，如果少女的身高有倍數以上，如果比我還高出數倍，這樣當然也是很恐怖啦，但跟我感受到的是完全不同的恐怖。

不管是身高或凶器，這些都是因為『存在』才不讓人覺得害怕。相反地，有什麼東西就是因為『不存在』才顯得恐怖。應該有卻不存在的東西從我的心底深處拉扯出無休無止的惶恐不安。

「後面。」

少女開口了。

「轉到後面去。」

這句短促且有斷句的話，果然也感覺不出一絲意志。彷彿她只是說了她該說的臺詞。

轉到後面去，我乖乖順從她的要求。

背對持刀的對象是多麼危險的行為，不用多加解釋我想大家應該也都明白吧，但我還是沒有一絲迷惘地乖乖照做了。我很聽話。

對我而言，僵持不下的狀態反而更恐怖。要是沒有和少女做任何語言上的交流，彼此動也不動只是面對面互相凝視著，恐怕我就要窒息了。與其演變成那種情況，就算多多少少得踏入危險地帶，但狀態有所改變應該是比較好的……其實這樣的發展究竟是好還是壞，我也不是很清楚。從十年後回頭看看十年前，該怎麼說呢，我不得不認為當時的判斷是有些怪怪的。當時的我是不是思緒太混亂了呢？在這種時候，我是不是該抹殺那些尚仍存活的感情，繼續與少女面對面對峙呢？反正她手裡的刀也與我拉開距離了。

但那些事都已經過去了，未來的我在這邊嘟囔抱怨也沒辦法改變任何狀況。事發過後什麼大話都能說，但從未來裁決過去的自己未免太沒有建設性了。總而言之，我很乾脆地轉身背對少女。明知道那一瞬間得背負多大的風險，我還是那麼做了。

然後，我就被刺了。

不對，這麼說跟事實有些出入，但我確實有種背部被刺了一刀的感覺，彷彿連肝臟都被一刀貫穿了。

可其實就跟小腿被劃傷一樣，只是『衣服被割破了』而已。就像裁切墊造成的反饋效果，我的身體也有種被切開的錯覺。

唸小學的時候，我可以用自己的大腿當成裁切墊，再拿出美工刀把紙張割得相當漂亮。只要是想割的紙張，我就能隨心所欲地將其割開，從來不曾割破自己的褲子，更遑論是藏在褲子底下的雙腳。當時的我擁有這樣的特技。我並不是想說特技怎麼樣的（結果班導發現後把我訓斥了一頓，雖然無法理解但我還是乖乖放棄這項特技，現在大概也做不來了），只不過少女似乎不擁有這樣的才華。

她雖然沒有刺我一刀，但我刻意裝酷的反應可能是誇張過頭了，皮膚被劃開當然會出血，而且還伴隨著疼痛。

再說了，一個在日本過著普通生活的人類，一般都不會有被利刃傷害的經驗吧？除了這名少女之外，我也不記得曾被別人如此傷害過。這跟交通事故不一樣……所以說我才會有如此誇張的反應，認清楚這點的話，我想應該沒有人會因此譴責我才對。

可是——

「呵。」

身後彷彿傳來了笑聲，讓我感到無比衝擊。我的身體反射性做出的反應，對少女來說『很有趣』嗎？劃開別人的肌膚，看著鮮血湧出『很有趣』嗎？

要真是如此，可就不得了了。

直到剛才為止，少女並沒有表現出那種特質，但說不定在她做出『具體的』行為之後，也讓她體內的什麼跟著覺醒了……某種全新的感性或許就在這一瞬間從她體內誕生了。

看到他人流血就會感到喜悅，這種嗜虐的感性說不定就在剛才那一剎那誕生了。多麼恐怖啊。那種誕生實在無法讓人誠心祝福，真的很抱歉，但我就是說不出祝妳生日快樂那種話，如果關係到我的自身安全就更不用說了。

當然跟生命息息相關也是重點之一，但我實在不願意以被害者的立場，造就那種野獸似的感性誕生。我才不想成為原因。

抱著完全自保的心情，我直接了當地對背後的少女提出：「妳到底想做什麼？妳有什麼目的？」我的聲音應該是有些顫抖走調吧，但為了不刺激到少女的情緒，我還是盡可能以緩慢又平穩的語氣說話，也就是試圖裝得很冷靜……說的好像有多帥氣似的，其實從我口中發出的只是完全走了調的聲音罷了。

「呵、呵、呵……」

我感覺身後的少女仍繼續笑著，但應該只是我漫畫看多了，才會下意識地認為在這種時候就該出現那樣的場景，以現實層面來考量，她說不定只是嘆了幾聲氣而已。

因為接下來，少女開口說出的是：

「我的名字叫U。」

非常普通且隨處可見，但禮儀相當正確的自我介紹。

「我叫U‧U。」

13

雖說禮儀正確，但她畢竟只是個小孩子，當然沒有飽經社會洗禮的上班族那種謙遜多禮，反而比較像『扮家家酒』般以童稚的方式表現出禮儀，很難說她自我介紹的禮貌性語氣已經渾然天成……當時大家總說對大人表現出旁若無人態度的小孩子似乎有愈來愈多的趨勢（話說回來，現在反而很少聽到那種假設性的說法了，大概是從已經相當普及的網路資料中，大家都知道以前的小孩子也相當旁若無人，而彼時的那些小孩在長大成人之後同樣也很旁若無人的關係吧。仔細想想，好像再也沒有比現代更難維護大人威嚴的時代了。因為早就知道不管裝得再怎麼堂皇，每個人過去都曾有既笨且傻的時期），對我而言，少女她……不對，在她報出自己的名字之後，我就該以U稱呼她才對，U表現出的態度著實令我感到驚訝。

我很驚訝，同時我也以為或許能和這個孩子溝通，當時我彷彿見到了一絲光明。但那不過是錯覺罷了。

不管怎麼說，當時的我還只是個過著和平日子的大學生，因為還沒嘗過這社會的酸甜苦辣，才沒能理解『拿刀抵著自己的對象主動報出名字』這個舉動背後包含了多重大的含義。

我看見她的長相。

她並沒有隱瞞身分。

甚至主動報出自己的名字。

簡而言之，她不是沒有想到要保護自己，就是早就決定要殺了刀尖對準的對象，後者的話就不用說了，但就算是前者，被她拿刀威脅的那個人恐怕也不會平安無事。而被她拿刀抵著的那個人——也就是我本人，無論如何都不可能安然度過這一關……

很有禮貌，這不能代表什麼，更遑論是當作評斷一個人好壞與否的基準。無論是誰，只要有心就能把話說好……身為作家的我居然寫出這種句子，說不定有哪裡出了問題吧。

「…………」

我又聽不清楚U在說什麼了，所以只得再問一次，這次U停頓了一會兒後——

「一起。」

才又開口。

該怎麼說呢，就好像在調整音響的音量般相當不自然。又像是在調整機械的聲音大小，總之那是段很詭異的空白。那時候我甚至很愚蠢地想，這孩子該不會是先利用MD錄音，再把聲音播放出來假裝在說話的樣子吧？（但做那種事又有什麼好處呢？U都已經報出自己的名字了，而且還把貼有班級姓名小貼紙的直笛往我扔來。她早就不打算隱藏自己的身家狀況了呀），直到此時此刻一邊回憶一邊寫出這段文章時，我才想通了U

那種不自然的沉默和聽不清楚她每句臺詞的原因。

並不是什麼艱澀難理解的狀況。只是不習慣與人交談的人類身上經常可見的生理現象罷了。自從接觸了這份工作後，我常常會有把自己關在家裡或飯店房間足不出戶，也不和任何人交談就這樣度過一個月有餘的時期，等終於完成稿件，到了要把稿子交給編輯時，才發現自己竟然無法好好說話，有時甚至會腦子一片空白說不出話來。

我不曉得該怎麼說話才好了。不會控制聲音的大小，無法掌握對話的時機，不時會和對方同時開口，造成搶著說話的結果。無意識地截斷對方未竟的話，然後話說到一半時，忽然不知道自己到底在說些什麼。話題一旦跑掉就再也拉不回來，毫無意義的沉默過後，又像從牛嘴裡淌流出的唾液一樣繼續劈里啪啦說個沒完沒了。

換言之，這種過於日常誰都不會注意到的事，也就是『和人對話』其實也是一種了不起的技巧。就跟騎自行車或使筷一樣，對辦得到的人而言，是很理所當然再簡單不過的事，但在時間的沖刷下有時也會忘記……以這層面來說，短短一個月就能讓人忘了該怎麼說話，說不定說話遠比騎自行車或使筷還更困難呢。

「請你跟我，一起來。」

好不容易她的音量終於調整到適中的狀態，但在斷句上卻出了點問題，讓她的音調聽起來有些可笑。U說完後，又接著往我的背部劃下一刀。

疼痛竄過我的身軀。人類的痛覺其實還挺遲鈍的，我並不知道她究竟在我的身上造成什麼樣的傷口，一想到剛剛劃下的第二刀可能會在我的背上形成一道十字傷痕，我就忍不住全身發麻。十字傷痕。那種東西我同樣也只在漫畫裡看過。要發生什麼事才會造成那種傷痕啊？原來如此，只要發生這種事就會造成傷痕了——我深刻且疼痛的體會到了這一點。痛感，正如字面上的涵義。

其實我不太喜歡U對我的背做出那種事，雖然只是在劃破的傷口上描繪似的用刀尖再劃過一遍（就算是十年後的現在，寫出這段記憶仍讓我全身發寒），但這時候的我根本沒辦法做出任何判斷，在這種狀況下，我哪能用三面鏡確認自己的後背，而且我房裡也沒有三面鏡。

「不然的話，會吃苦頭的。」

順序搞錯了吧？我心想。不過仔細想想，比起搞錯該衝向朋友身邊還是把遊戲存檔的先後順序，這次的順序也不算搞錯吧。先讓對方親身體驗疼痛再加以脅迫，的確能收到很不錯的效果。事實上，在這之後我也說一不二地走在前方跟著U……不對，既然是我走在前方，不管用什麼詞彙表現都會釀成矛盾，沒辦法解釋清楚。

可是我與她之間終於達成（類似）對話的關係，對於U的要求我不得不加以反問。也就是「為什麼我得乖乖跟U走不可？」還有「為什麼U會出現在這裡？」這一類的問題。第二個疑問中出現的『為什麼』問的並不是我自己就能循線掌握的手段與方式，而是跟第一個問題一樣，我想知道的是她真正的目的。

U回答了我的問題。

「我了。」

答是答了，我卻聽不清楚。在這種狀態下，因為沒有聽清楚而開口反問也具有相當大的風險，但我就是沒聽清楚，所以才不得不開口重複詢問一次。當時的我對於U『不習慣和人對話』這件事當然還不清楚。只是單純認為她是個聲音很小的女孩子而已。

「因為你看到我了。」

U重複了一遍，用稍嫌過大的音量。雖然還不至於被隔壁的鄰居聽到就是了。

「因為你看到我了，所以要帶你走。」

乍聽之下毫無脈絡可尋，完全聽不懂她在說什麼。只有我，我明白U的說詞代表什麼含義。只有在一個星期前，目擊了那一幕景象的我才能明白。

這麼說起來，我的確是看到了。在那短暫的時間裡，我已經看透U這名少女的本質。可是，所以她來了，所以她要把我帶走，這又是什麼道理？如果沒有先把這一點串聯起來，實在很難當作U已經回答了我的問題。到此為止了。我問你答的回答時間到此告一段落。打一開始，在這場對峙中握有主導權的U，根本就沒必要親切地回答我所提出的問題。相反的，她簡直可以說是親切過頭了。

「走。」

U用刀尖戳了戳我的背部。這是極其危險的行為，誰知道一不小心會演變成什麼局面。於是我只能乖乖順從她的要求往玄關方向走去。我人一走過，鮮血便飛濺在地毯上，但我還沒有冷靜到還在這時候計算地毯拿去送洗得花多少錢。我套上鞋子，來到公寓長廊上，接著拿出剛換過的鑰匙鎖上大門。新鑰匙還閃閃發著光。

這段期間，U始終緊貼在我身後，就像背後靈一樣。不，用背後靈來形容好像不太對。當然我（從我過往的作風，讀者們可能都猜到了吧）一點都不相信靈魂的存在，可是若基於虛構這點來說，背後靈的定義應該不包括拿著刀在身後動不動就戳你一下的那種人吧。不過在這個時候，U已經能掌控好力道，學會在施力時不劃傷皮膚。

真是個聰明的孩子啊，在這種局面下，我的確是沒辦法誇獎她，不過總比被她亂刺一通要好多了。

「下樓、梯。」

U催促道。我當然知道不可能只有下樓梯這麼簡單，U應該是打算把我帶離這棟公寓，到其他地方去吧。要帶我出去？亂來也該有個限度啊……雖然說她已經對我做了許多亂七八糟的行為，但走出這道房門到別的地方後，肯定會從其他的角度產生更多麻煩。

我當然不可能在走下樓梯時採取什麼行動。因為在走下樓梯時，有個手執刀刃，帶有明確攻擊意識的人就站在我身後。就算試著逃離她的掌控，就算能躲過尖刃的威脅，只要她用力往我背上推一把，一切就都結束了。走在樓梯間時，體格差距與年齡差距根本沒有半點意義。

為了表示抵抗，我還是刻意放緩了速度，花了很長的時間才走完六層階梯，可回過頭仔細想想，這種做法好像只是在配合小孩步伐的親切大人而已。大學生算是大人嗎？就算是從三十歲的現在回過頭來審視，我也搞不太清楚……反正不管親不親切，以一個小學生來說，大學生已經完全算是大人了吧……但U又不是一般的小學生，不曉得她究竟怎麼看待走在前方的我就是了。

我就這麼被催促著走出公寓。

「右邊。」

沒有稍作休息，我只得遵從U的指示在馬路上繼續邁開腳步（公寓附近正好是沒有人行道的地區）。我的登山越野車已經沒辦法騎了，就算還能騎，也是後輪完全露出、無法雙載的自行車，不管怎樣還是只能選擇徒步前進。

「笛，怎麼樣了？」

過了這麼久，U終於吐出除了命令以外的臺詞。那是詢問。但我不知道她口中的笛是什麼東西，只好出聲表達自己的不解。

「我的直笛。」

她重複了一遍，我才終於明白她的意思。

「我的直笛，怎麼樣了？」

沒想到她問的是那支把我的登山越野車破壞得再也無法騎乘的直笛。那支貼著U名字小貼紙的直笛。直笛怎麼樣了？可以確定的是那支直笛現在不在我的手上，因為我連換件衣服的空檔都沒有就被押著離開公寓了。

關於那支直笛，結果我還是沒能將它丟掉，而是把它拆解後放到包包裡了……身為一名大學生，在包包裡插著一支直笛走在路上還是有點難為情，所以我才會自作主張將它拆解了。

那裝著直笛的包包呢？簡單來說，就是被我遺忘在房間裡了……不對，那是我有好好繳房租、屬於我的房間，說忘在那裡似乎有點怪怪的。應該要說「好好地放在房間裡」才對。這也不對啊，那支直笛並不是我的……不不不，現在不是在乎那種枝微末節小問題的時候。總而言之，在進到房間打開文書處理機的電源前，我應該是把包包放在固定擺放的位置。

我照實將這件事告訴U。

聽完我的回答，U陷入沉默。不對，基本上她一直都是沉默寡言的，我也無法判別這時候的她是陷入沉默還是恢復平常的沉默狀態……如果是前者，她也許正在思索該不該回我的房間取回直笛吧。

「學校要用……」

她的聲音依然很小聲，不過也許是時機剛好，我聽清了從她嘴裡吐出的臺詞。學校要用？要用是指要使用的意思？也就是，學校需要使用到那支直笛嗎……U果然是在煩惱該不該回去拿直笛。這麼說起來，我也注意到那把抵在我背上的小刀戳刺的頻率似乎減少了。

如果上課需要用到的話，她應該很想回去拿吧，應該說，是該回去拿才對，但一個小孩子要爬六層樓實在太辛苦了。

我沒辦法看U露出如此煩惱的模樣，只得告訴她那支直笛在插進自行車的輪輻間時就已經被絞壞了。言外之意是就算回去拿也沒有用，但傳達這件事對於被人拿刀威脅的身分來說，未免太自尋死路了。浪費時間又沒有意義的親切直到現在仍是我個性中的一部分，在這種時候展現親切簡直像是在說「別管那根直笛怎麼樣了，快點帶我去妳要去的地方啦」。既沒意義又愚蠢得要命。

「……是，這樣啊。」

U開口，

「謝謝你。」

然後補上這麼一句。

直笛壞了卻跟我說謝謝？有那麼一瞬間，我感覺好像有哪裡怪怪的，但她剛才那句「謝謝」應該是感謝我告訴她這件事吧……以狀況來說，弄壞了直笛的或許是我的自行車沒錯，但直接的原因還是把直笛扔向自行車的U，對『弄壞直笛一事表示感謝』抱有疑問本來就有哪裡不太對勁。

「那我們走吧。」

況且那句感謝完全感覺不出半點誠意，怎麼聽都像是MD錄音播放出的效果，加上她那麼乾脆的態度，說不定U打從一開始就沒打算拿回那支直笛吧。

我希望是這樣的，這是我懷抱希望的觀測。

也就是所謂的優先順序……那根直笛要是沒有壞掉，U也許會重回六樓取回直笛。如果真的變成那樣，我不曉得會受到多麼嚴重的衝擊。

比起帶著我離開——這種足以稱得上是綁票的行為，她優先選擇上課用的直笛的話，不就跟比起朋友的死亡，她更在乎遊戲存檔是一樣的道理嗎？

我不想被U這麼斷定，也不希望發生那種狀況。或許正因為如此，我才會在她決定該怎麼做之前，先告訴她直笛已經壞了的事實……當時我並不是經過仔細考慮才這麼做的，但假設真若如此，我會做出這種自我毀滅的行為也不是完全不能理解吧。就算這麼做就跟拜託她快點擄走自己是一樣的意思。

當我像這樣從十年後的世界記錄十年前發生的狀況時，卻有了全新的發現，現在的我的確有種很不可思議的心情。那鮮明到不願回想起的精神創傷依然存在，但以這種方式『發現』還真的是相當新鮮。寫小說時的敘述視點若是第三者視點，在術語上稱為『神的視點』（用不著多作解釋，我並沒打算當神，這只是業界術語罷了。就跟不相信靈魂的存在一樣，我也不相信神的存在。許多娛樂產物倒是常把神話以故事的方式呈現，我覺得非常有趣），從這樣的視點眺望過去的自己，不時會出現『那個時候要是這麼做就好了』這種類似後悔的情緒，其中當然也包含了不少有趣之處。講述的雖然是發生在自己身上的事件，但用『有趣』來形容精神創傷是有點太不謹慎了。

例如被小學生用刀抵著走在街上的場景，以神的視點來看，如此滑稽且荒謬的景象也算是難能可貴。畢竟是發生在自己身上的事所以笑不太出來，但要是看著別人被迫對小學生言聽計從，說不定會忍不住失笑吧。都已經不在套房的密室中，也不是處在狹隘的走廊或樓梯間，而是如此寬廣的大馬路上耶。

不管抵在背上的利刃是一把或兩把，只要使出全力奔跑，把U遠遠甩在身後不就得了嗎？雖然不曉得少女的手腕動作有多敏捷，但面對突然加速狂奔的背部，她手裡的小刀也發揮不了作用吧？就算刀尖勉強碰觸到了，也不至於會刺入血肉中。一個想成為作家的人害怕的其實是產生衝突，而不是那把利刃。當出現不只是『避開』而是更積極的『逃跑』選項時，對於該不該付諸實行本來就該稍微猶豫一下嘛。沒錯，所以在下個轉角——

「左邊。」

在U的指示下，一腳踏進轉角處的那一瞬間，只要五秒鐘就夠了，之後就算這隻腳廢了也無所謂，我要使出全力狂奔，奔向大馬路，只要向路人求救，這件事就可以到此落幕了……但是，成為『神的視點』的我，很清楚過去的我並沒有這麼做。

他只是很平常地彎過轉角繼續往前走，以相當平緩的速度慢慢走著。儘管本人有抵抗的念頭，但在現實之中，依然配合著小學生的步伐。

關於這一點，只要還存在著百分之一的風險，就不可能實行任何帶有抵抗性的行動……不，當時我並不是這麼想的，只是單純沒想到可以逃跑而已。這個時候的我頑固地認為狀況並沒有任何改變，想都沒想過只要全力衝刺就能逃開少女的威脅。不管裝得再怎麼冷靜，說了再多裝模作樣的話，十年前的我就是這副德性。就連十年後的現在，當自己不幸成為當事者時，說不定也同樣想不到如此簡單的逃脫方法，只會想著盡量別去刺激拿刀的對象。事後回想都不曉得自己究竟是怎麼被騙的，就像是種巧妙的詐欺……現實沒辦法照道理進行是因為人類原本就不是道理所能解釋的。

另有一說是綁架行動之所以能成功，被害者本身的『幫忙』也是不可或缺的一項要因。說是『幫忙』，其實就只是被言語欺騙……若非如此，綁架的成功率應該會下降不少。像是拿糖果或玩具引誘，或是假裝有困難向被害者問路之類的……讓被害者『幫忙』的手段形形色色，就算對象是小孩或老人，也不太可能靠蠻力直接擄人，這樣實在太亂來了。對方要是認真抵抗的話，『綁架』就很難成功。不過在這種狀態下，『綁架』很可能會演變成『傷害』甚至是『殺害』……想想之後可能會發生的狀況，綁架在犯罪行動上的投資報酬率實在不太理想。

當然我也不曉得哪種犯罪的投資報酬率比較好……總之在這一點上，對於綁匪來說，我應該算是相當配合的對象吧。

她不用拿糖果或玩具來引我上鉤，我就乖乖順從指示走向她指定的道路，每當和路人擦身而過時，我都會擔心他們有沒有注意到U正拿刀抵著我的背部，真是太莫名其妙了。

反過來思考，當時的我正在為犯人擔心嗎？

不，應該不是的。我只是擔心要是路人發出哀號會刺激到U的情緒，進而順勢將手中的利刃往我的身體刺下，我只是在提防演變成這種狀況而已。

他是想表現聰明的一面才採取這種行動的。說得更具體點，他甚至會在遇到路人時用自己的身體擋住少女，但兩人之間本來就存在著體型上的落差，人能不能用自己的身體擋住另一個人實在說不準，也不曉得究竟能產生多少效果……無論是從前方走來擦身而過的、還是從身後超前的路人，真的能徹底擋住他們的視線嗎？

就一般的常理論斷，看到一個男大學生和一個小學女生一前一後走在路上，任誰都不會想到正遇見一樁綁架案吧……可是，如果看起來不是這樣，在別人眼中，我們到底又是怎樣的關係？我忍不住針對這點思索了一下。

大學生和小學生走在一起的構圖原本就很不自然了，看起來也許像是某種犯罪現場也說不一定。身為一個熟知內情的人，這實在是天大的誤解……但就算遭到誤解，我還是希望有人可以幫忙報個警。

以結局來說，不管我繃緊身體的行為有沒有帶來效果，那些路人……不管是迎面走來的，或是從身後追上的似乎都不認為我們有什麼不自然的地方，好像也沒半個人注意到U手裡的小刀。

我當然看不見站在身後的她，或許U非常巧妙地遮蔽了那支正抵著我的小刀，或許我的擔心根本是多餘的……但我為了自保，在接下來的……不，不管什麼時候，我都會為U感到擔心。

想說我偽善的人就去說吧。

無論是偽善還是單純的善良，被人歸類成偽善都會生氣，我當然也覺得很不舒服……可是，U拿著小刀脅迫我的事若是被第三者發現了，這個唸小學四年級的女生將來會變得怎麼樣——不能否認我的確是有點在意。

她的所做所為已經超過可以笑著原諒或罵完就了事的程度，她很明顯越過那條線了。如果她只幹了一件壞事，還能說是臨時起意或順勢而為所犯下的錯誤，但當把直笛扔向自行車的不法行為、偷走鑰匙與學生證的不法行為、侵入房間埋伏的不法行為、拿刀傷人的不法行為，和以此要脅綁架的不法行為這些罪狀全都加總起來時，她就算被社會機構強制帶離父母身邊也不是什麼不可思議的事。

這種擔心加上想自保的心情，更讓我沒辦法採取任何行動。換句話說，我既沒想過要從大馬路上逃走，也沒想過要向路人求救。

遭到綁架的本人腦子裡竄過許許多多的想法，但描述出來時，就只是個被小學生脅迫乖乖往前走的愚蠢男人罷了，真是有夠丟臉。

「天氣真好呢。」

忽然間，U開口了。

我依她所言抬頭望向天空，的確是沒有下雨，但太陽早已西沉，附近的景物都漸漸被墨黑的天色籠罩，一點都感覺不出天氣哪裡好了。

自從談完直笛的話題後，我們之間就一直維持沉默，U可能覺得得說些什麼才行吧。於是她選擇了天氣的話題，實在太刻意了，衍生出的只有強烈的異樣感。

就算說著天空的話題，我想U一定沒有抬頭看天空吧。她的目光肯定始終膠著在小刀的刀尖與我的背部。

「就是說啊，真是好天氣。」所以我也只能這樣回答她。

14

U最終領著我來到一棟民宅。無法否認的是，我確實有種期待落空的失落感。就算是當時的我，也不可能分不清楚虛構的妄想與現實（說不定現在還比較難以區分），我當然不認為少女U是某個組織的情報員，正準備把我帶去那個祕密基地，那不過是異想天開的妄想罷了（『異想天開的妄想』這句話裡隱含的龐大諷刺，著實教人不得不稱讚吧？不知道是誰想出的修辭，但能想出這樣的字眼不也表示那個人本身的妄想就非常異想天開嗎？），不過我壓根沒想到她就只是帶我來到住宅區裡的一間普通民宅……

而且還是走路就能到達的地方，雖說放慢腳步花了不少時間才走到，但這裡離我租賃的學生單人套房應該不會太遠。

時代不停進步，如果當時的手機有像現在這麼先進的話，就能用地圖搜尋功能輕鬆計算出從我的公寓到這裡的距離有多遠，可惜十年前還辦不到這種事。所以我只能靠自己的感覺大略估算一下，應該相隔不到幾公里吧，坐電車的話大概就一站的距離，公車則是兩站左右，當時的我是這麼想的。

因為之後我也沒有再去確認正確的距離，就當是可有可無的情報聽過就算了……總之我想表達的是，我被綁架到離我所住的公寓並不是很遠的一間民宅，就只是這樣而已。

從這裡開始是我個人的推測，其實少女U繞了一點遠路，也就是刻意不走能最快到達的那條路，而是在附近繞了好幾圈後才帶我來到這間民宅。為的是不想讓我知道真正的方位，才會故意繞了又繞，來來回回走了好幾趟。如果開車的話，這麼做還說得過去，但既然是走路就到得了的距離，這種做法實在沒什麼意義……可我並不願意以此判斷那不過是小孩子的淺見。

否則的話，我這條小命豈不就是掌握在小孩子的淺見之下嗎？

再也沒有比這種狀況更教人顫慄害怕的了。

回到正題，剛才我一再強調民宅民宅的，因為是民宅，眼前這一棟當然也掛出了名牌。名牌上寫著『U』這個姓氏。跟少女的姓氏相同……很明顯的，這裡就是U的家沒錯。

因為沒有其他說法，就算有我大概也不知道，所以才以民宅稱之，眼前這棟房子比一般所謂的獨棟式『民宅』要大得多，可以想見住在這裡的應該是相當富裕的人家。當然這棟房子並不是漫畫或偶像劇裡會出現的那種大財主砸錢打造的闊氣豪宅，而是不至於擾亂住宅區的既定景觀，卻又自然散發出一股高雅氣質的獨棟式洋房。不管是庭院給人的感覺，或是停在一旁的轎車車種，都讓人忍不住心生嚮往。

U是這戶人家的小孩嗎？我心想。若真是如此，我會覺得她看起來很有氣質也就說得通了，走到這一步，我終於能稍微鬆一口氣。

受到脅迫一路來到這裡卻鬆了一口氣，並不是因為認為這是驚喜派對什麼的，雖然有點奇怪，但如果站在我的立場想想應該就能理解了。比起利刃或被綁架，我覺得U這名少女的存在還要更加恐怖。

我不知道她的真實身分，也不懂她到底想做什麼，更完全無法猜測她腦袋裡的想法，她對於事物的優先順序明顯異於常人這一點也令我害怕，說得通俗點就是『我被她嚇得直發抖』。在心境上，與其說是面對一個小孩，更像是對上一隻野生的小動物，至少到目前為止是這樣。

可是一想到她當然也有自己的家，有個會掛上名牌的住處，還有跟她一起生活的家人時，我不由得安心許多。

甚至有種「得救了」的感覺。

我下的判斷實在太早了些，太過急躁些，好戲根本現在才正要開演，相較於少女U腳踏實地過著無比真實的生活，我卻說判斷下得太早、太急躁，對她似乎有點太殘酷了。

她既不是住在黑暗世界裡的人，也並非來自魔界。

只是生活在這座城市裡的居民罷了。

這麼一想，我的心情頓時輕鬆不少，多多少少從緊張的情緒中得到解放也是不爭的事實。只是從十年後來看，就知道當時的我到底有多愚蠢了。

「請你、進。」

U出聲。因為我一直杵在大門前動也不動，抵在我背上的小刀便示意似地戳了兩下。總覺得她的句尾好像斷在很奇怪的地方，但說不定只是我沒聽清楚，U應該是有把『請你進去』這幾個字說完才對。

我依她所言伸手握住門把，走進眼前這幢獨棟洋房的領地內。腳下踏著石板一步步走向玄關。就在這個時候，U卻做出令我相當衝擊的舉動。

來到玄關前，她突然從我的腋下往前鑽，接著拉開襟口掏出掛在脖頸上的鑰匙，打開玄關大門上的雙層鎖。

開門時當然會用到手。在此之前，從衣服裡掏出掛在脖頸上的鑰匙也得用到手。換句話說，在這個時候她必須把兩支小刀拿在同一隻手上才行。離了鞘的小刀當然不可能放進口袋裡……可是，咦？我陷入一片茫然，什麼都無法思考。

只能說，我完全被嚇傻了。

要一一說明這種蠢到極點的狀況未免太過滑稽，但為了讓讀者們徹底明白少女U並非懷有什麼不軌圖謀，還是得具體描寫一下當時的狀況。

U不再戳我的背部，也沒有再拿刀抵著我，甚至反過來主動背對我，動手打開自己家的玄關大門。

在這種情況下，『綁匪』所該做的正確行動……雖說綁架本身就不是一件正確的事，但她的所做所為實在太前後矛盾了……U所該採取的正確行動應該是繼續以小刀抵著我，但其中一支小刀可以丟到地上，讓空出來的那隻手從襟口掏出鑰匙、從脖頸間拿下來，再從腋下遞交給我，讓我來打開這幢屋子的大門才對。

就像之前離開我的公寓時，由我來鎖上房門一樣……這個家的玄關大門，也該是由我來開啟的。

根本不可能有什麼企圖。

不管怎麼說，事情演變成這樣……也就是U不再拿刀要脅我，而且還移開視線背對我，我所擔心的爭執風險、因某種反彈遭刺的風險，幾乎可以說都已經不存在了。不，要這麼解釋的話，說風險完全歸零也不為過。只要用力往U的背後一推，然後使盡全力逃跑就行了。沒有風險，完全沒有任何風險啊。

為什麼U要做這種事呢？好不容易終於把我帶到這裡來了，她只是假裝要放了我而已嗎？我搞清楚這一點是在不久之後……我不會讀心術，也不足夠機智到能察覺對方的想法，雖然這只是我個人的猜測，不過考量到少女的性格，我所做的猜測應該不會有錯。

這個時候的U，把『不能將自己家的鑰匙交給其他人』的常識擺在第一優先的位置上了。

我所居住的公寓房門，由我自己鎖上就行了，但當場所變成自己的家，不管開門或關門都不能交給我負責……不能交給我來做這件事？

太奇怪了，比起以常識做出的決定，不管怎麼想，她都花了那麼多功夫把我帶到這裡了，該擺在第一優先順位的難道不是防範我逃走嗎……？

所以我才沒辦法馬上明白，還花了一點時間才理解U這麼做的理由。當時的我完全無法理解U的意圖，還以為會是什麼圈套呢。

圈套？在一對一的情況下，她又能準備怎麼樣的陷阱啊……不管是想像力再怎麼豐富的作家，也沒辦法讓少女在這個時候說出『釣到你了！愚蠢的傢伙！』這樣的臺詞來。更何況還是當時希望成為作家，卻還沒當上作家的我，前一刻少女才讓自己產生『腳踏實地過生活』的安心感，現在卻又讓我感到無比恐懼。

U到底在想什麼？

我一點都不明白，正因為不明白，對她的恐懼才會不斷膨脹變大。而且我還自作主張把她想成是個城府極深的女孩子……事實上，U不過是依從自己心中的價值觀，依從自己認定的優先順序罷了，就跟一星期前的那一天一樣。

這也是相當恐怖的一件事，但這時候的我已經變得異常慎重，所以這一次我又讓千載難逢的逃脫機會輕而易舉地從指縫間溜走了。

我待在原地感到驚訝與完全錯愕。

就在我害怕不已時，U已經完成開門的動作，再次回到我的身後。雖然看不見，但她剛才用單手抓著的小刀，現在一定又分別握在兩隻手上了吧。

「請你進去裡面。」

U接著說。她的聲音比過去任何一次都還要靠近我。並不是她放大音量了，單純只是我們之間的距離被拉近的關係。距離近到背部幾乎都貼合了。看來她似乎很著急，而這樣的心情也帶出我們之間的距離感。

我伸手握住玄關把手。在被少女突來的舉動嚇到後，我真的就只能乖乖聽從她的命令動作。完全不是經過考慮才做出反應。

打開玄關大門，我走進屋內。

照她所要求的。

請把接下來這句話當作參考——對我來說，走進別人家是極其稀有的行為。至今為止，在我活到三十歲的現在為止，進到別人的住處……包含親戚家在內，恐怕連十間都不到。這是誇飾法，也就是『美化』過記憶的數字，但肯定是沒有超過二十間啦。我敢舉雙手掛保證。

我討厭別人進到我家，同樣也不喜歡跨入別人的領域。

前面已經提過我很討厭別人觸碰我的所有物，也很抗拒向別人借東西。換言之，我同樣很討厭碰觸別人的所有物。說得再誇張一點，別人坐過的椅子我就不想坐了。與其說『就是』不喜歡，『不為什麼』的厭惡或許更接近那種細膩的情緒反應吧。

總之，我的地盤觀念相當嚴重就是了。

我的東西是屬於我的，別人的東西就是別人的，不曉得是誰灌輸我這樣的認知，反正已經在我的觀念裡根深柢固了。

所以一踏進U家的玄關時，無法抑制的壓力奔流瞬間向我襲來。猛烈狂暴的氣壓彷彿上上下下地在我體內竄流。走進屬於他人的、而且還是全然陌生的房子裡，對我而言除了痛苦再無其他。

每個家庭都有各自不同的氣味，我怎麼也沒辦法喜歡上那種獨特的味道。也許那只是芳香劑的香氣，但所謂的家，包含屋子裡的空氣在內都是家庭的一部分。光是聞到屬於他人的空氣我都覺得無法忍受。

然而不管忍不忍受得了，在背後被人拿刀抵著的狀態下，我也只能默然聽著身後大門闔上的聲音。

U一句話都沒有說，只是戳了戳我的背部，於是我明白了她的意思，乖乖脫去腳上的鞋子。我已經忘了這個時候穿的是什麼樣的鞋子，總而言之，那雙鞋子後來好像也被U拿去丟掉了。不管是穿著這雙鞋或是脫去這雙鞋，這都是最後的機會。我並不是對鞋子有什麼特別的執著或堅持，但自己的所有物被人擅自丟掉這一點，到了十年後的現在依然令我感到十分氣憤。我也覺得自己的度量很狹小。

不過，她會丟了我的休閒鞋，也許是因為我那雙休閒鞋已經破爛到讓她覺得丟了也無所謂的程度。對我來說，那是一雙休閒鞋，但看在U的眼中，說不定那只是件垃圾。或許在她眼中，我是個會穿著垃圾走路很不可思議的怪人呢。

走路是我的一點小興趣，一直到現在也常把走路當成消除工作壓力的應對之策，當然另一方面是為了健康啦，我總是提醒自己一天要走兩萬步，所以我的鞋子經常穿不到一個月。當時的我雖然比較常騎自行車代步，也還沒有接觸會造成情緒壓力的工作（當時是還沒有，不過會寫些東西），但我還是比平常人更常走路，多半時候鞋子都是又破又舊還髒兮兮的。

唔，不過這種狀況也還算普通吧，可能是怕被當成綁架的證據，所以她才會把我的鞋子丟掉……總而言之，我乖乖脫了鞋子，踏上擺在玄關前的踩腳墊。終於有了『進到別人家』的真實感受。

明明不是這麼回事，我卻油然生出一股跑進別人家當小偷的罪惡感。事實上，我可是被拿刀脅迫硬被帶來這裡的呀……

但要說事實的話，事實又是如何呢？這個時候，我才注意到玄關脫鞋的地方連一隻鞋子也沒有。換句話說，這棟寬敞的房子裡恐怕沒有半個人在家，儘管不是很明顯，可我就是隱約察覺到了。

U很明顯是個鑰匙兒童，而且她的家人都不在家，這是我所能確定的事……以客觀的立場來看，這個時候我已經一腳踏入無法回頭的泥淖之中了。我該注意到的就是這件事。

順帶一提，沒有被帶到祕密組織的基地或廢棄工廠之類的可疑場所，而是一般的民宅讓我稍微安心了些，可是這麼一來，又會冒出其他的懸念。也許有人會誤會是我把這個家的小孩帶進沒人在的屋子裡……例如在這種狀況下，要是U的父母突然回來，事情又會有怎樣的發展？

到時會發生什麼事？

就算U一直拿刀抵著我，但說不定是因為住在附近的大學生侵入家裡，她才會拿起手邊的武器加以抵抗，會這麼想也是人之常情吧？

要提出事證加以解釋的話，確實是我比較站得住腳，可我並不認為U的父母會相信我的解釋……怎麼辦，要讓他們看看小腿和背部的傷口嗎？先不說小腿的傷，光是背後的傷痕應該就相當具有說服力了吧。

從十年後的世界來看，已經知道這種深沉且在某種層面上過度流於感性的擔心到頭來根本搞錯了方向，可我的心在受到別人家庭的空氣毒蝕後，也漸漸變得極不安穩。這時候我開始思索就算多少得承擔一些風險，就算我的手會因此受傷，是不是應該快點逃離這棟屋子。也許會因此賠上成為一名作家的前途，但至少比賠上往後所有的人生要好多了吧。如果被殺死的話就算了，但要是得一輩子背負著冤罪的恥辱過活，那簡直比墮入地獄還要殘酷。

可是，我還是沒辦法這麼輕易地做出決定，U也跟著脫了鞋子踏進屋子裡，然後又戳了戳我的背（被她戳了那麼多下，我的背後說不定早已千瘡百孔了）。

「那裡。」

U下達指示。

只說那裡，根本不曉得是哪個方向，我心想U指的該不會是樓梯那頭吧，於是舉步前進，

「不對，那裡。」

她馬上糾正了我的行進方向。在開口的同時，也用手裡的小刀指出正確方向，時空換到現代，我實在很想跟她說「指路就指路，少在別人身上戳來戳去的」，當時觸控式面板還不普及，我當然不會想到這麼有梗的說詞，而且就算想得到大概也說不出口吧。

U所指的方位是設置在樓梯旁的置物間。

從外表看來也有點像是更衣室，但是——

「打開。」

U這麼說，於是我拉開橫推式的拉門，裡頭塞了許多雜七雜八的小東西，確實是置物間沒錯。

內部甚至沒有加裝電燈，就只是個置物間。

她想從這裡拿什麼東西出來嗎？

才想著，U又再一次對我下達命令。看來這孩子也愈來愈習慣向我下命令了。就連說話的音調也能保持平穩，用不著再去調整音量大小。

站在十年後的角度來看，我能認定這時候的她應該已經某種程度的習慣說話了。雖然我絕對沒有辦法帶著溫暖的微笑去看待這名少女的成長。

這一次的命令是——

「請你進去。」

就是這麼一句。

我心想，她果然是想拿什麼東西吧。看得見對方的目的，察覺出少女的意圖，我彷彿看見一條明路，情緒也稍微和緩了些。

因為不知道對方腦子裡在想些什麼，才會覺得看起來很可怕……青年時期的我並不會因為稍微鬆了口氣就過度放鬆警戒，更何況我也不認為U只是需要一個搬運工，才把我找到她家來（這種招待方式實在也夠粗暴了）。

結果，其實就是馬上啦，我還是依U的指令走進置物間裡。這也表示，到這一步為止，我對U的要求可說是照單全收地做到了。

一想到對方是個小我十多歲的小女生，那些順應順從還真是有夠可悲。當時的我甚至沒有找機會脫逃的打算，一說出來悲哀度即刻倍憎。

任由自己隨波逐流的我，終於連別人家的置物間也走進去了。要是有第三者在場看見這種狀況，肯定會指著我大喊竊盜犯吧。

但，事情的發展並非如此。

就在擔心這輩子是不是都得被U牽著鼻子走時，我卻意外得到了解脫……意思是，U並沒有跟著踏入置物間。

她在入口處停下了腳步。

雖然她站在我身後，還是能以氣息或其他什麼的來感應到她的存在。一個緊黏在身後的人忽然退離開（剛才在玄關時也是這樣），我就算百般不情願還是感覺得到。

反射性地，我轉過頭。

U就站在門口的位置盯著我，觀察似的緊盯著我，疑惑才剛冒上我的腦海，她突然伸手用力關上拉門。「磅噹」發出十分刺耳的關門聲。然後是「喀嚓」的響聲。

那是上鎖的聲音。

上鎖？她落了鎖？

先等一下，她到底做了什麼？

我被關起來了？關在置物間裡？

沒有一絲光明的置物間被關上門後，理所當然變得一片漆黑。在塞了一堆雜七雜八小東西的置物間裡，我沒辦法隨心所欲地動作。「妳到底想做什麼！」我不得不對站在門外的U出聲抗議。

與前一刻被人以小刀要脅，一不小心很可能就會被殺的狀況、或是今天早上騎自行車時被設計摔倒的情形相比之下，被關進密室裡或許不能說是變得更糟，但這跟直接的加害行為又有著截然不同的恐怖。

面對我的抗議，

「因為你看到我了。」

U如此回應道。

「只能這麼做了，我只能把你關起來養著。」

養？

天經地義似地從她口中吐出的這個單字，成功削減了我想為自己抗議的意志。

「因為你可能會說出去，說出真正的我。」

於是就這樣開始了。

長達一個星期的——我的監禁生活。

15

維持著詭異的冷靜……只是說起來好聽罷了，其實都怪我太怯懦，順從地被人一路挾持來到這裡，最後還被關在別人家的置物間裡，事情發展到這一步，我再也沒辦法表現出冷酷瀟灑的態度了。

就算不是這樣，黑暗也足以奪走一個人的理性。

回歸原始。

我用之前從沒發出過的偌大音量向站在門外的少女U表達抗議，當時我應該說了不少無法以文字闡述的粗暴言詞吧。別開玩笑了，快點把我放出去——我激動的大吼。嘴裡吐出的是紳士絕對不會說的暴力語句。

得到的回應卻是U從門外傳來的嚶嚶啜泣聲，瞬間消滅了我的氣勢。看來我好像把U惹哭了。擺在眼前的事實讓我不得不閉上嘴。

真正想哭的人是我才對吧？

不用說我當然沒有惹哭小女孩的經驗，就算不是我這種神經質的傢伙，一般二十歲正處於多愁善感年紀的男生在遇到這種狀況時，一定也會覺得很頭大吧。

說起來真是太奇怪了，被反鎖監禁在置物間裡的我，居然得反過來溫言安慰綁架自己的U。說是安慰，但我也只能慌亂失措不知所云地一味道歉。

道歉……可是我到底該道什麼歉？

被關在沒辦法自由行動的狹窄置物間中，所以氣到破口大罵真的很抱歉之類的嗎？說出這種話的傢伙腦子肯定有問題吧？但發狂也是有可能的，因為這個時候的我就是處在正常精神完全無法理解的異常狀況中啊。被困在完全無法理解的狀態中，不管是誰都會發狂吧？我只差沒訴諸暴力掄起拳頭擊向置物間的門板，說起來我應該還算是冷靜的。

在這種極限狀況中還能保持冷靜，說不定就是因此才會為我招來無法控制的結果。

對於我的不斷道歉，

「知道了，我原諒你。」

U說完這句話後，情緒似乎也趨於平靜。問題終於解決了……看起來像是這樣。什麼解不解決，不就只是確認了問題真的存在而已嗎……

之後U沒有做出任何解釋，也沒有再多說一句話，似乎已經從置物間前離開了。從腳步聲和門外感覺不出人的氣息，我明白了這一點。對U而言，這件事真的已經告一段落了。

就如同前面提過的，對我而言，這卻只是個開端……一場讓人摸不著頭緒的監禁生活。

二十歲，正是我人生中讀了最多推理小說的季節。說得誇張點，我甚至除了推理小說之外什麼都不看。那正是對任何人、甚至對自己都最虛榮的時期，比起日本本土的，我更大量攝取國外的推理小說，已經到了有什麼就看什麼的程度，所以現在我幾乎都不記得書的內容了，想想還真是挺悲哀的……總而言之，在推理小說的世界裡，多半都是將被害者監禁在金庫之類的密室中，常見的殺害手法則是使之窒息死亡。因為不是毆打或餵毒這種需要直接動用到雙手的方式，所以也不太費力，連罪惡感都很薄弱的殺人手法……我記得在書裡看到這一類的解釋時，還冷笑想著「現實世界中的人才不會這麼簡單就被關起來呢」。然而此時此刻，我就這麼輕易地被關起來了，明明沒做什麼壞事，我卻有種自作自受的錯覺。

再說，這個置物間絕不是什麼金庫。

置物間就只是置物間。

磅噹一聲闔上，從外面上了鎖的橫開式拉門（在裡面的我看來是橫開式的）並沒有完全密合，在與牆壁相接的地方有條寬達兩公分的縫隙，外頭的光線能從那條縫隙灑進來，只要貼近門板還能窺見外頭的情況。剛被關進來時，我以為置物間裡是全黑的，但時間一久眼睛也逐漸習慣了。

別說金庫了，這裡甚至比暗房還不如，就是一般屋子裡會有的一個小隔間。看來我並不會因為被關進這裡就窒息死亡。

可能是看了太多推理小說才淨有些負面的想像，但在明白被監禁不代表就會死之後，我的心情也平復許多。

在這種狀況下還能保持平靜絕不是件好事，腦子雖然明白這個道理，但感情已然死去的我也沒辦法控制自己漸漸平息的內在。要是我能更放縱、也就是做出更粗暴亂來的舉動，眼前的狀況應該會有一百八十度的大轉變吧……

回想起來，歷史上那些傳說中的人物和被尊為偉人的人們，與其說是積極，其實更該被歸類成暴力的人吧。能開創屬於自己道路的那些人絕對稱不上紳士……想成為英雄或許並不需要冷靜這項特質。至少在脫離危機這點上，容易迷失自己、容易在狀態中感到混亂的性格可能才是比較有利的。

迷失自己聽起來似乎很慌亂無措，不對，事實上應該就是很慌亂無措，但迷失的如果是沒什麼了不起的自己，還不如迷失自我來得有益吧，我是這麼認為的。

這些都只是我個人的想法。

我也不曉得能實行到什麼程度。

總之，只要搞清楚自己不會立刻死去，也不會被殺，我就覺得安心了。在這一小時不到的時間裡，我究竟重複了幾次感到安心接著又立刻陷入不安的狀態，稍微動點腦筋就該知道要學乖了，可人類就是不管處在怎樣的情況下，只要還能看見一絲光明就能當成救贖，進而感到安心的生物啊。在一點上，我並沒有哪裡異於常人。

反正先來整理一下狀況吧。

我貼著門板縫隙往外窺探，從狹隘的視野中確認看得到的範圍內並沒有U的影子……她回自己的房間了嗎？也許是到客廳去了……我在置物間裡彎腰坐下。

按照心理學的解釋，『坐下』這個行為就算只是暫時的，仍會把屁股所坐的範圍認定是屬於自己的領域（有個不太容易記住的專門用語，不過我忘記了），但我絕對沒有因為待在置物間裡而感到心安。我這麼提醒自己（偏偏在這時候跑出來的知識真的很礙事），總之還是先坐下來，好好地想一想。

歸納出來的是一個星期前的那一天，我目擊到少女U・U，而U・U同樣也目擊、注意到我。我目擊到衝向被大卡車輾得四分五裂的友人身邊放聲大哭的U，還有在做出那些舉動的前一刻仍有條不紊幫玩到一半的遊戲存檔的U，於是我逃也似的離開了現場……其實我就是逃走了……而她，看見了落荒而逃的我。

她知道自己的本質已經被我看穿了。

所以才會用這種方式想封住我的嘴……應該就是這麼回事吧。

是嗎……原來她有自覺啊。

所以她一直隱藏著已有自覺的本質過活嗎……甚至到了不得不監禁目擊者的程度。

自從發生那場交通事故的這一個星期以來，她總是在上學時、在走到事發現場附近時握著直笛……不曉得到底是不是這樣，但這段日子以來，她都埋伏著想擒下我吧？在通往學校的那條路上，靠著僅有的一點時間一直等著我……而我居然還大剌剌地自動走到她面前，我的警戒心實在太鬆散了。

我當然也有想過，既然我都看見她了，對方也很可能會發現到我。但就算考慮過這種可能性，誰又料想得到一個小學女生會直接採取行動來對付自己呢？

我的確對U的怪異舉動（這麼說好嗎？）感到害怕，但要說的話，也就只是這樣而已。我又不是目擊到U殺人的現場什麼的。U雖然很怪異，但她認為重要的優先順位絕不會是倫理道德，更遑論是法律的苛責。

可是她卻花了這麼多的功夫和時間就為了封住我的口，說真的，誰會料想得到呢？

……不。別再扯那些難堪的藉口了，我應該預測到的呀。如果是我，應該是能預測到這一點的……對那個孩子而言，自己的『優先順位』被其他人知道了，這是多麼丟臉、多麼屈辱的事。裝得像個怪人來隱藏自己異常之處的我，原本就該預測到這種狀況才對。

因為對方是個孩子就大意了，這種理由一點都不能使人信服。正因為她是個孩子，才會覺得羞恥到無法忍受吧。就算寫不出『羞恥』這兩個漢字，也不表示她就沒有羞恥心。用俗氣一點的比喻方式，被別人看清了內在對我們而言，可是比被人看穿性癖好還要更殘酷的一件事。

所以U會祭出如此強硬的手段也沒什麼好大驚小怪的……應該說，以她的狀況來看，除了祭出強硬的手段之外也別無他法了。我想她心裡應該沒有半點糾葛或躊躇。就這一點來說，她確實還是個孩子，那些倫理道德或良心之類的東西都尚未萌芽。那些都是在未來的生命中才會慢慢添加孕育的。

我不是空口無憑，請大家回憶一下在唸國小三、四年級的時候，究竟做了多少欠缺良知的惡作劇吧。那些教人不敢置信的蠻橫暴行，都能心平氣和的付諸實行對吧？只是因為小孩子對大人沒有大肆殘害的欲求，才沒釀成什麼重大事件罷了。沒想過會給別人帶來困擾跟殘害他人是看似相像其實全然不同的兩件事。

就算如此，綁架監禁這碼事也未免太跳躍了……是因為當時的我已經是個大學生了，而到現在變成三十歲的作家才有的觀念嗎？因為我已經學會看人臉色、學會卑屈過活，學會向人獻媚的關係嗎？

總之就是這樣。冗長的前言到此告一段落，我的精神創傷就從現在開始形成。舞臺已不容變動。

要在二十個字內解釋完就是這麼回事。

十年前，我被一名少女綁架了。

16

接下來該怎麼辦呢?我從口袋裡拿出手機握在手裡,開始思索。話說回來,對於接觸新科技商品有所畏懼的我為什麼會帶著手機,得先在這裡借個篇幅向大家說明一下,很可惜我完全不是為了和朋友交際來往,而是擔心投稿出去的小說也許會收到哪間出版社的評價,為了不錯過出版社的聯絡才會申辦手機的。為了這個顯而易見的目的,就算是新科技我也能輕易接受,由此便可以看出我是個毫無節操的傢伙。

這支不會打給朋友,也沒有接到編輯部聯絡的手機現在是完全充飽電的狀態。剛才我只有跟管理公司聯絡一下,應該還能講上幾個小時吧……儘管無法確定十年前的手機連續通話時間有多長,就算電池比現在的還不耐用,但至少不會比那種度數只剩下一,連要跟警察報案求救都講不了幾分鐘的電話卡還差勁吧。

手機對大學生或高中生都成了理所當然的必需品了,但在那個年代並不是連小學生(還加裝警報蜂鳴器)都人手一支,所以U應該沒料想到我會把類似無線電話子機的東西帶在身上吧。連她到底知不知道手機這東西的存在都是個問題了。

只要手裡握有這臺機器,幾乎就可以確定我一定能成功逃出這個地方。就算不曉得這間屋子的確切地址,但我親眼見過門牌上的姓氏,也知道這名少女綁匪的名字,所以只要跟警察取得聯絡,他們一定馬上就能找到我了。至於我可能是趁著主人不在偷跑進來的竊賊這點疑慮,就在我被鎖進只能從外側開鎖的置物間那一刻開始,答案已再明顯不過。

小孩子的淺見……到頭來還是這麼回事嗎？就連成熟的大人先設定計畫再加以實行後，多半也都是以失敗作收……基本上，被小學生綁票這種事根本不會發生。那種娛樂性質的小說，也就是現在所謂的輕小說劇情才不可能在現實生活中上演。

U絕對不是怪物，也不是什麼怪獸。

只是個腦子有問題的孩子罷了。

腦子有問題的可憐小孩，就像過去的我。

所以我才覺得害怕，要是不趁現在趕緊矯正她的思想，U將來肯定會犯下什麼無法挽回的滔天大罪。她本人也是因為明白這一點，為了補救才會做出擄人綁架這種犯罪行為……卻完全沒想到會造成反效果。

可是這麼一來，我也不由得躊躇起來……就算『隨時都能向警察求助，不管何時都能從這裡逃出』，我的生命安全絕對受到保護，但還是忍不住胡思亂想。

把警察叫來真的是最好的選擇嗎？

真的只能這麼做了嗎？

要是把警察找來，就算不會遭到刑法定罪，那孩子一定也得接受責罰吧，而且是相當嚴厲的譴責。無法當作笑話事過就境遷，所以才不得不這麼做。但這麼做到底能不能矯正她的思想，更重要的是，這麼一來會不會讓她的人格因此扭曲，我不得不去為這些事擔心。像她這樣的孩子會被世俗投以怎樣的眼光看待，我再清楚不過了。對於那種事，我再清楚不過了。

原本不是怪物的少女，很可能會因此變成一隻真正的怪物……事實上，那樣的孩子將來也只能成為作家吧。就像這時候的我已經立志當個作家一樣。

既然如此，那還不如……我在想，只要我稍微忍耐一下，也就是只要我哭著入睡的話，整件事也許就能平安無事地落幕也說不一定。當然U並不會被無罪赦免，她得對自己做錯的事好好反省才行。

所以我會向她的雙親報告整件事的經過，讓她被父母斥責做為懲罰應該差不多吧。

被小刀劃開皮膚這種事，是一般認真過日子的人一輩子都不可能遇上的殘酷遭遇，但對立志成為作家的我來說，卻是個千載難逢的經驗（而且我還把它寫出來了）。先不論要是被帶進深山裡會怎麼樣，我畢竟只是被招待到對方的家裡而已，只要勉強一點，真的是勉強到極限的狀態，或許還是能把這一切當成小孩子的惡作劇看待。跟小孩子玩遊戲時不小心受了點傷，也不是不可能發生的事嘛。

嘴上這麼說，其實這其中也包含了虛榮的成分。

這些看似關心對方的說辭背面總是隱含了利己自保的算計，我就是這樣的人。

被小學生綁架——必須把這種丟臉至極的狀況向警察報告，還因為被小學生綁架而向外請求救援，比起丟臉，我自己都覺得實在太可笑了。我沒有能忍住不笑向警察傳達這件事的自信……但要是邊笑邊說，肯定會被當成是惡作劇電話；光笑而說不出話來，同樣也會被當成惡作劇電話吧。

不，如果只是被警察知道還不算什麼，要是整件事被公諸於世，我這個被小學生綁架的大學生說不定會因此而被廣為人知。犯人是小學生也許不會登上新聞版面，但一定無法避免被周圍的人們知道吧。

往後會變得怎麼樣？我肯定沒辦法再抬頭挺胸過我的大學生活了……雖然跟現狀好像也沒多大差別，也不會特別令我感到困擾，不對，我還是覺得很困擾。這輩子再也沒有一句話比『丟人現眼』更讓我避之唯恐不及了。

當然要是有個什麼萬一就不是講這種話的時候了，但現在並沒有發生那種萬一狀況。只要刀刃不會近距離威脅到我，緊急狀況就算暫時解除了。

這麼一來，我應該能選擇比較適當的方式來解決這件事才對……對我而言，這就是我的優先順位。我被關起來的置物間離玄關很近，要說的話，這就是小孩子的淺見，什麼都沒有多想就直接把我關進適合用來關人的置物間裡，只要她的父母一回到家，從我的方位立刻就能知道。置物間裡沒有加裝任何隔音設備，在他們脫鞋之前，我就已經先發出求救聲了。她的父母親一定覺得很奇怪吧，居然有個陌生人被關在自己家裡，怎麼想都很莫名其妙。又不是《小鬼當家》，應該不會認為是唸小學的女兒在懲凶除惡大活躍之後，還把壞人關進了置物間裡吧。

都考慮了這麼多，我忍不住又開始猜測U會把我關在緊鄰著玄關的置物間裡的理由……我單純地認為是因為置物間很適合用來監禁，所以她就把我關進這裡了，但或許並非如此，她可能也曾被關進這裡，所以才有樣學樣地把我關進這個地方。知識跟經驗都完全不足的小孩子只能在自己的認知範圍內做出能力所及的事。

若是如此，那還有希望。把小孩關進置物間裡是很典型的懲罰方式。既然她曾有過那種經驗，就表示這個家庭的父母是會責罵女兒的父母。要是那種只懂得溺愛怪異少女的雙親，接下來我所面臨的處境可能會更加險惡，但狀況若是如我所推測的，就表示我還有希望。

沒錯。

一心懷抱著那微小的希望，還氣定神閒的我這時想都沒有想過那僅差一步的可能性。把孩子關進置物間的確是典型的懲罰方式沒錯，但同時也是一種典型的虐待，很可惜我並沒有注意到這一點。

17

結果我沒有打電話給警察或任何人，而是一直等著U的父母歸來。這段時間裡，我的眼睛已經完全適應黑暗，也能大略明白置物間裡的狀況。伸手稍微摸一摸，就能找到好幾樣足以幫助自己逃出這個置物間的工具，我確定這裡真的只是置物間，一點都不適合用來當作囚禁的地方。在工具箱裡還有一組木工用具，還有可以輕易破壞民宅門板的鐵槌和鋸子，該怎麼說呢，我忽然湧出一股被當成猴子抓來進行能不能拿到香蕉的實驗那種奇怪的心情。雖然我並不曉得被抓去進行實驗的猴子到底是怎樣的心情。

在這種情況下就算找來警察，大概也不會被當成綁架事件受理吧。被關進這種可以輕而易舉脫逃的地方，還硬要堅持自己被綁架、被監禁了實在說不過去。

何況只要我身邊有手機，就沒理由去使用這間屋子裡的物品……要是因為使用鐵槌而被冠上竊盜的罪名可就吃不消了。認識的人家就算了，但我對這個家庭完全不熟，還是別做些多餘的事比較好。正所謂『李下不整冠』嘛。

我只要安靜地等待就好。只要安靜平穩地等著她的父母回來就好。

若是換到現代，或許還能用手機看一些電子書什麼的，不然也能靠智慧型手機的應用軟體玩些遊戲來打發時間，但這個年代的手機還沒有這些功能，就算真的有，被綁架還玩遊戲也未免太悠哉了。況且在這種情境下還浪費珍貴的手機電源是想怎麼樣啊？

再說我也不能錯過她的父母走進家門的時機。可以的話，最好是搶在U跟她的父母說話之前，就先和她的雙親進行接觸。該怎麼解釋事發經過與原委，或許也會左右他們對整件事的印象……唔，這應該是我想太多了，不過還是謹慎一點比較好。

於是我將身體靠在門板上，閉上眼睛仔細聽著外頭的動靜。為了不錯過任何一點聲音，我將自己調整到待命狀態。

在踏入社會之前，我一直沒有配戴手錶的習慣，所以右手腕跟左手腕都空空如也，還好我能靠手機確認目前的時間。在確認過現在是晚上七點半之後，我便關掉手機電源。我是可以進入待命狀態，但手機就算只是處於待機狀態都會消耗電力，再者雖然機率幾乎等於零，說不定會有誰（出版社？）打電話給我也不一定。要是被U知道我身上帶著手機，她很可能會把手機沒收……不對，我只要在手機被搶走之前向外尋求協助就行了，但到時候就只能以最糟糕的方式來解決這件事。

我想避免最糟糕的狀況發生……站在U的『前輩』立場，我是這麼想的。居然敢自稱前輩，不要臉也該有個限度吧！關於這一點，我也在之後才知道自己究竟錯得有多離譜。

都已經七點半了，居然還沒有人回家……她父母的工作應該是得加班的那種吧。再怎麼樣都不會是公務員才對……她的父母兩人都在工作嗎？所以才住得起這種水準之上的房子？……就在我想著這些有的沒的時，時間也悄悄流逝了。

閉上眼睛好像不太好。

但我還是不由自主地墜入睡眠的深淵中。

18

什麼聲音讓我醒了過來，對於自己的隨意和欠缺緊張感，我也覺得實在很丟臉。就算看得見成功逃脫的希望，被綁架還睡著也未免太鬆懈了。相較之下，那些在電車中睡著的傢伙反而還比較正常呢。

慌張之間，我趕緊往門板的縫隙窺去，擔心自己是不是錯過了U的父母回家的時機。但幽暗的走廊盡頭所能見到的玄關方位只擺了一雙應該是屬於少女U的小小運動鞋。

換句話說，我所穿的那雙破爛鞋子這時候已經被以某種方式處理掉了，但我完全沒想那麼多，我在意的只有玄關到底有沒有U父母親的鞋子而已。

沒有。到處都沒看到。

如果她的父母特別神經質，是會把脫掉的鞋子擺進一旁鞋櫃裡的那種人就另當別論，但玄關並沒有他們的鞋子，我應該可以稍微安心一下吧……剛才似乎睡得很熟，不過也許我只是打了幾分鐘的盹而已。

這也是沒辦法的事啊，也許會被嘲諷太缺乏緊張感，但從事發到現在，我一直都處在極其不安的緊張情緒中，一時半刻的大意也是人之常情吧……我這麼想著，也就是一邊為自己辯護，一邊打開了手機電源。為了確認現在的正確時間。

在看到液晶螢幕亮起的瞬間，剛才那些為自己做的辯護馬上煙消雲散了。經過十年的現在，我已經忘了當時的確切時間，雖然說是深夜，但在時間點上還不算太糟糕。才不只是打了幾分鐘瞌睡，在應該是非常難以入睡的情況下，我居然會熟睡過去，說不定睡著的那段時間我還大聲打呼了呢。

於是，我心裡也湧出些微的緊張感。雖說不曉得在我睡著時到底有沒有發生什麼事，但夜都已經深了，U的父母居然還沒回家，我感覺似乎有哪裡不太對勁。

還是說，她的父母單純只是過於神經質，一回到家就會把脫下的鞋子擺進鞋櫃裡呢？我只能從幾公分的門板縫隙去窺探置物間外的狀況，這樣的解釋或許還算妥當，但本能告訴我事實並不是這麼回事。

說本能好像有點騙人的嫌疑……但我就是有這種感覺。夜深了沒錯，可畢竟還不到半夜。就算U這個小學生理所當然已經上床了，離大人睡覺的時間還很早。整個家裡居然沒有發出半點聲響，未免太奇怪了。

光就我能看見的範圍，走廊上一片漆黑也很有問題不是嗎？要是已經回家了，應該會把電燈打開才對，可我為什麼得藉助外頭的月光在一片幽暗中確認玄關的狀況？

她的父母不在家。這個家裡只有少女U和我兩個人。我沒有任何證據能證明這一點，但我幾乎可以確定。

她的父母都工作到那麼晚嗎……接下來我應該要往這方面思考才對，但我的志向可是成為一名作家，有一顆喜好異於常人的腦子，當然得好好發揮與生俱來的想像力，任由那些不可思議的念頭在腦海中成形。

該不會……這個家裡原本就只有少女U一個人獨居吧……？這樣的想法浮掠過我的腦海。所以她才會選擇這個地方來當監禁我的場所……會是這樣嗎？

真是脫離常軌的思考模式。這一點同樣也沒有證據，應該說，在在顯示出的都是絕非如此的證據。例如停在車庫裡的汽車不就是最好的證明嗎？U的確是個與常識完全沾不上邊的怪異少女，但就算如此她也不可能擁有那輛車，以身高來說，她根本就沒辦法駕駛。

可是那些莫名其妙的想像就是無法抑止地不斷冒出來。我滿腦子都是一些使人厭惡的妄想。好不容易在這一連串事件中覓得解決之道，但U的父母都不在家這一點實在給我帶來太大的衝擊。

無法預見的情況令我害怕。就算有光線從門板縫隙間灑進來，但若是看不見未來，就跟置身於黑暗中無異。這時候的我多麼想立刻放棄，直接打電話給警察。太麻煩了，心情在時喜時憂之間來來回回真的太累人了，我實在很想拋開一切什麼都不管了。

之所以沒有這麼做，是因為我成功在體內設置了就先忍耐一晚看看吧的『基準原則』。因為我很消極，浮上腦海的只有負面的想像，說不定也是會有父母親都有事不在家的情形發生嘛？把那麼稚幼的小孩子……而且還是把不太正常的小孩子獨自一人留在家裡，這點著實教人困惑，不過或許是真的發生了什麼狀況，讓他們不得不放下照顧孩子的重責大任。做人不能以偏概全，但有哪個家庭會把孩子丟在一旁不聞不問呢？

一個晚上。總之就先忍耐一個晚上看看吧。

只是一個晚上，我應該撐得過去吧。要是因為放棄了稍微忍耐一下的想法，而讓原本可以大事化小、小事化無的事件掀起狂風大浪的話，那實在不是我的本意。我不想為了這種事而後悔一輩子。只要妥當地處理好這件事，再過一個星期我就能忘了它，這才是我真正希望的。為了讓這個希望成真，我應該是可以熬過一個晚上的。

這本來就不是值得掛在嘴上嚷嚷的重要大事。直到剛才我都還靠在門板上，以有些勉強的姿勢入睡，現在則是躺在地板上，換了稍微舒服一點的姿勢。等再回過神時，天就會亮了。

既然做出了決定，就只需要遵守常規就行了。只要確認該怎麼做，我就能有效率且迅速地行動。先把襯衫褪去（因為背上被劃傷，這件襯衫已經不能再做為一件衣服使用了）鋪在地板上，我人也跟著躺了上去。

置物間並不是很寬闊，只要不任性地想把雙腳伸直，就算是體型稍微壯碩的大人也能躺下來休息。說是體型較為壯碩的大人，擺出來的姿勢卻如同母親腹中的胎兒。

我喃喃說了聲「晚安」，然後閉上雙眼。當然沒有任何人會回應我的那句晚安。

19

有些人明明想睡卻遲遲無法入眠，輾轉反覆間卻愈來愈清醒，這也是日常規律被打亂的一種生理現象，不過還好這天夜裡沒什麼太大的問題，沒磨蹭太久我就入睡了。

沒太大的問題就直接入睡說不定才是問題的所在。而且還是相當嚴重的問題。從十年後的世界俯瞰，粗心大意的睡著除了可能會錯過U父母回家的時機，更要命的是如果少女U趁我熟睡時拿刀刺死我的話又該如何是好？至少也該提心戒備到這種程度才對吧。

不過也是啦，待在置物間裡等著不知何時才會回來的U的父母，實在太耗費心神了……但腦海裡一邊想著這些事還能熟睡而不自知，實在是教人無法置信。與其說某部分的感情死絕了，其實就是個忠於本能的傢伙罷了。

還好我沒有把自己的處境留在夢中忘了帶出來，因為一睜開眼我就立刻撐起上半身靠向門板。一早醒來，第一件事就是確認玄關有沒有她父母的鞋子。

沒有。

玄關腳踏墊的另一頭依然只擺著U的鞋子，跟昨晚一模一樣。從窗戶灑落的光線意味著太陽已經升起，這是跟昨晚所見唯一的不同之處。

我那不祥的預感似乎成真了，結果她的父母好像整晚都沒有回家……還好沒有傻傻地枯等一整晚，這樣的結果還算差強人意。其實根本一點幫助也沒有。

反而該說狀況因此更惡化了。

我決定先等一晚，而這一晚過去了，只要她的父母不回來，我就什麼也做不了。只得處於束手無策的狀態。看來還是只能打電話給警察了吧？不，那還不如昨天夜裡就打去的好。

我已經忍耐了一整個晚上，結果卻是得等到隔天晚上，我是這麼對自己說的……何況昨晚我就決定今天一整天都要縮在這個置物間裡度過了。可事到如今，我已經不這麼想了。我是真的只打算忍一個晚上，但說這種話也無濟於事。我也不認為在睡醒之後，整件事就能圓滿解決然後落幕。

只要今天一天就好。我說真的。沒有任何曖昧，也不隱含其他意思。真的就如同字面上的含義。今天她的父母要是還不回來，只能當作沒這回事。到時候只得放棄這個解決問題最好的方法了。畢竟這是跟我的性命息息相關的大事……就算U只打算把我關著，但長時間被監禁在置物間這種地方，總有一天會精神崩潰的。事實早已明擺在眼前了。

就在這時，忽然響起嘰嘎嘰嘎的響聲，那是誰的腳步聲，應該是正走下樓梯的聲響。是U吧？現在是U起床的時間嗎……我沒有拿起手機確認時間，不過小學生大概都是在早上七點左右起床的吧？至少我就是這樣……但也要考量到住家與學校之間的距離就是了。事發那一天跟昨天U都穿著便服，她讀的應該不是得搭乘電車或公車才到得了的那種規定得穿制服上下學的私立學校才對……這麼說來，她的學校就在附近吧。是那裡嗎？或者是那一間？正當我思索著U究竟是上哪間小學時，門外忽然傳來：

「早安。」

突如其來的問好聲讓我嚇了一跳，差點沒穩住自己的身體。我是知道她下樓來了，但沒想到她居然會移步來到置物間前。樓梯跟置物間的位置確實是很近沒錯啦……

「早安。」

U重複了一遍。雖不至於淪為機械式的問好，但同樣的招呼用語重複了兩次後，總讓人覺得有哪裡怪怪的。

「早安。」

到了第三次，已經不是覺得有哪裡怪怪的問題了。我忽然有些理解她的想法，便趕緊以同樣的招呼用語朝門外應了一聲。我猜U是在等我的回應吧。

「嗯。」

聽聲音我猜她應該是點了點頭，然後U就直接從置物間前走開了。

她大概只是過來確認我有沒有好好活著，總之早晨的招呼到此算是告一段落。

我也搞不懂明明自己是被監禁的人，為什麼還得在意對方的心情想法……不對，在被監禁的那一刻起，我的地位就已經變得低下卑微，也許本來就應該在意的。

到底什麼是對的而什麼又是謬誤，在被關在這種地方的前提下，根本無法以一般常識論斷。比起該不該在意她的心情想法，在這種情況下還互道早安本來就是一件極其怪異的事。

但無論如何，U已經起床了，而且她似乎也有把我的事放在心上，而不是在將我關起來後，就把我這個人的存在丟到腦後忘得一乾二淨……太好了，我心想。其實一點都不好。

我能不能趁現在找出一些情報呢，就算看不見，我還是豎起耳朵探尋著U在家裡的動向。接著，我聽見電視傳來的聲響。她沒有把音量開得很大，我甚至連她在看什麼節目都不知道……但說不定她不是在看電視，而是在聽廣播……總而言之，除了U之外，還能聽見透過機械發出的聲響。

U在某些奇怪的地方可以看得出教養很好，所以門外傳來的聲音著實令我感到意外。不管她是在看電視還是聽廣播，我沒想過她居然會邊吃早餐邊做其他的事。

但在父母看不見的地方，可能小孩子都是這樣的。如果有人問我：「難道你吃飯時從來不曾把電視打開來看過嗎？」，答案當然是否定的……東拉西扯了那麼多，其實會讓我完全集中注意力的，只有在寫小說的時候。

我也明白不該自以為是地對別人家的教養問題多做評論……真是有夠自以為是，我明明什麼都不懂。

但這個時候，我突然意識到一件事。吃飯？吃早飯？

這麼說起來，因為一直處在緊張狀態……應該說是緊急狀態才對，所以一直忽略了一件事，我昨天一整晚什麼都沒吃，也沒有喝過東西。最後一次進食是什麼時候來著？對了，是在大學裡的學生餐廳吃午餐，那就是我的最後一頓了……隱約記得好像是吃義大利麵之類的食物。至於飲料，則是牽著登山越野車回家的途中，在路邊的自動販賣機買了一瓶罐裝咖啡來喝。在公園一邊看書一邊等鎖匠來時並沒有吃任何東西……所以那杯咖啡就是我昨天攝取的最後水分。換句話說，我已經十二個小時以上沒喝過東西，也將近二十個小時沒有進餐了。

直到這一刻之前我都沒有特別在意，可一旦意識到了，馬上就感到一陣難耐的飢餓感，喉嚨似乎也異常乾渴。不知道是意識到這一點而想太多了，還是因為『對未來感到不安』才有這樣的生理反應。

因監禁被餓死也不是不可能發生的事……既然不用擔心監禁導致窒息死亡，接下來該擔心的就是餓死的問題了。這本來就是理所當然該想到的狀況，我真是太大意了。

因為拿著手機，心想隨時都可以向外求援，我才會如此漫不經心……現在是還無所謂，但我要這樣一路撐到晚上嗎？再絕食一整天？只是絕食可能還辦得到，但水分問題又該如何解決……？

人類超過一天沒喝水真的沒問題嗎……？又不是身在沙漠，應該還不至於喪命吧……但人類光是睡一覺都會流失好幾杯份的汗水……脫水症狀好像其實還滿容易發生的。

不斷湧現的不安幾乎就快將我擊倒，這時耳邊又傳來細微的腳步聲。電視或廣播的聲音不知何時已經消失了。

「我要出門了。」

腳步聲停在門前，U開口說道。我要出門了？這是什麼意思？我從門板縫隙向外窺探。站在那裡的U背後揹著書包。那模樣看起來像是等會兒就要準備出門上學一樣……加上她剛才那句「我要出門了」，就更像那麼一回事了。

「我要出門了。」

U重複了一遍。似乎是在等我的回應……不，她就是準備去上學吧，很明顯地她就是正準備出門去上學啊。可是，怎麼可能會有這種事？這樣真的可以嗎？的確我剛才是還想著U唸的是哪間小學……她的學校應該就在附近步行可到的距離，所以才會推測現在差不多七點左右，那是因為人類有所謂的生理時鐘，自然都會在平時起床的時間醒來，也就是生活習慣，但我想都沒想過她會依照往常的習慣出門上學。

家裡可是關著一個人耶？怎麼還會想去學校啊？說什麼「我要出門了」，完全不在狀況內啊。別去，哪裡都別去。為什麼在這種情形下，妳還能揹起書包去上學？我完全無法理解……我都已經斷定U只是個思想粗淺的小孩子，怎麼這一刻看起來又像是一隻無法理解的怪物了？

可能是因為我從縫隙中窺探，才會有這樣的錯覺也說不定……

當然從十年後的世界來看，我已經明白U的心態並不是『就算是這種狀況也能去上學』，而是『就算是這種狀況，也不能不去上學』才對，但我也沒辦法告訴十年前的自己這件事。

在我錯愕不已的同時，U說了第三次「我要出門了」，我只能傻傻聽著。但我也不可能一直保持沉默，從縫隙間瞥見U的表情已漸漸顯露出慌亂，大概是得不到回應而察覺有異，應該說，得不到回應好像讓她陷入某種恐慌之中……剛才明明還有回應，為什麼這次卻了無聲息呢，她似乎也搞不清楚狀況。

刻意迴避眼前的麻煩是我與生俱來的天性。一定要想辦法改變此刻的狀況才行，要是她又像昨天一樣哭出來的話我可受不了。要去學校就去吧，這並不會給我帶來任何困擾，我已經在剛才的腦力激盪間修正了自己的思考模式。

可是面對U的『我要出門了』，若是回以『路上小心』總覺得很不痛快，就當是抵抗，「我肚子餓了，有沒有什麼吃的東西？」我盡量選擇不會刺激到U的措詞當作回應。

U眨了眨眼睛。好像沒料到我會說出這種話，但總算是得到回應了，看她的表情似乎也稍微安心了些。

「…………」

然後她說了一句話。我沒聽清楚。在我想詢問之前，U已旋踵轉身，我只能看著她揹著書包的背影往玄關那頭遠去。連阻止的時間都沒有，U就穿好了運動鞋，打開雙重門鎖和鎖鏈走出玄關，然後再把上下兩道門鎖鎖上，她離開了，應該是去學校了吧。

留下綁架來的我，上學去了。

直到現在我才脫口說出「路上小心」這句話，真的是直到這一刻才說得出口。我的聲音當然不可能傳到已經離開的U耳中，只能在置物間裡空虛地迴盪。

因為奇怪的尊嚴作祟而沒能好好回應U的自己真是個鼠肚雞腸的傢伙，用不著花太多時間，我已經在自我厭惡的波濤裡滅頂了。

20

有篇叫「哭泣的紅鬼」的童話故事。

從村子裡綁架小孩的鬼被小孩子的任性和難以控制搞得近乎崩潰，到頭來別說是勒索贖金了，鬼還主動寫信說願意奉上自己所有的金銀財寶只求村裡的人快把小孩接走，就是這樣一篇童話故事……不對，故事名稱好像不是叫哭泣的紅鬼？總之就是這種內容的一篇童話。在童心的表現上實為一篇相當抓住人心的好作品，但現實生活中是不可能有那種結局的。被綁架的傢伙若表現得任性又難以控制，確實是會讓犯人很困擾沒錯，但若是『困擾』，只要祭出最後的手段就行了。被綁架的人也不可能平安無事。

雖然順勢表達了肚子很餓的要求（事實上我並不是真的很餓），但這又會給U帶來怎麼樣的刺激，我應該先仔細設想過才對。她都對我說出「我要出門了」這樣的話了，實在沒必要那麼憤怒……不，不是憤怒，只是困惑罷了。

從U的反應看來，她似乎『想都沒想過這種事』……那孩子該不會不打算給我任何的食物飲品吧。不會這樣的，應該不會，她說過要養我的呀。既然要養，再怎麼樣也有些非做不可的事吧。

……但同時我又不由得感到懷疑。說到小學四年級，應該是九歲、十歲左右的年紀吧？這個年齡的小孩子接受過關於生命價值觀的教育了嗎……全班一起養兔子之類的活動是不是高年級的學生才會做呀？

如此一來，說不定她現在還處於認為『就算放著不管，生物也會自己好好活下去』的年齡。可能就是因為這樣，U才會顯得如此驚訝。也許她對我會飢餓這件事感到相當意外……

如果是這樣，就不能再繼續這麼悠哉下去了……該怎麼辦？仍要堅持纏鬥到最後一刻嗎？還是趁仍游刃有餘的現在趕緊放棄，對外呼救尋求協助？U出人意表地上學去了，這個家裡除了我之外再沒有其他人，選擇後者的話，這的確是個最佳機會。

如果想讓這起事件穩當的落幕，趁著U不在的時候把所有事情都解決也許也算穩當吧……不管之後會如何，總之是能避免留在現場可能遇上的麻煩。我可不想看到警察壓制了胡亂揮舞著小刀的U那種場景。

……想了又想，最後我還是決定『忍耐到最後一刻為止』。離U回家至少還有半天的時間，這段時間內也許我會改變想法，既然如此也就用不著急著下決心，我或許就是抱持著這種有些狡猾的算計吧。我只會下意識地去規避眼前的麻煩，但對於不存在面前的麻煩，我的反應則顯得太過遲鈍。這是我直到現在都改不過來的壞習慣。

壞習慣歸壞習慣，就算到了現在我仍然不清楚這個時候我所做出的判斷到底正不正確。在某個層面來說，我看似有在思考，但其實早就放棄思索這些問題了也說不一定。

是的，我開始疲於思考了。

同時我也開始接受長時間處於恍惚發呆狀態的自己了。

21

我下定決心要忍耐到最後一刻為止，但愈是繃緊神經，就愈覺得自己真是瞎忙一場。與強大的決心背道而馳的是，窩在如此狹隘的置物間裡，我根本什麼事都做不了。

脫逃……應該說，一旦想好要怎麼結束這場綁架鬧劇的方針後，我也沒什麼事好做，只能靠著胡思亂想來打發時間。

今天是那本漫畫雜誌的出刊日，那部漫畫接下來會是怎麼樣的發展？那個作家即將問世的新推理小說也差不多該上架了，是不是已經排在書店的架上了呢（當時對於發售日期的情報並沒有像現在這麼保密到家）？我就想著這些芝麻蒜皮的小事任時間流逝……只能靠這種方式打發時間。

所謂與社會隔絕就是這麼回事吧，我心想。如果認識的人或朋友很少，就會覺得自己是不食人間煙火的隱士，但真正的隱士應該是徹底斷絕與俗世所有的接觸才對。別說接觸了，我現在連飲食都完全斷絕，似乎有點做得太過火了……

先把漫畫、小說的情節發展在腦海中想過一輪後，我才想起今天是平常日，也就是今天所有課堂我都缺席了……對於注重日常規律的我而言，這實在是挺有壓力的一件事。要是今天好巧不巧地就趕了許多進度該怎麼辦？要是突然來個很重要的隨堂測驗該怎麼辦？我想像了許多糟糕的狀況，但另一方面，也就是在我很注重日常規律的這一方面，正因為我平時就很在意，真遇上這種狀況時反而產生了『哎，這也是沒辦法的事啊，畢竟平時我已經那麼努力了』的心情而乾脆地放棄，或許這也算是維持身心平衡的一種方式吧。

說老實話，我也不懂自己為什麼要上大學……對當時的我來說，總覺得是在接受義務教育，當然大學並不是義務教育的一部分……

東拉西扯說了這麼多，其實我心裡最在意的，應該是那篇寫到一半的小說吧。那是為了投稿而寫的小說，就在我想接著寫下去時，U卻把我擄來這裡。

其實就算我繼續把那部小說寫完，也不可能會有出版社願意出版的，當時的我也隱約察覺到了……我的小說有著決定性的不足之處，還有什麼欠缺的地方，在這個時候我已經多多少少意識到這一點了。那就是追求夢想而活的人總有一天一定會撞上的高牆。

其實某部分的我還挺樂意接受像這樣被關起來與世隔絕的狀況……說不定是這樣的吧。至少在被監禁的這段時間裡，我就不必再去面對那道高牆了。

這一整段都是十年後的我所做的推測，雖然追循當時的記憶，但我完全沒辦法揣測事發當下的心境，所以也沒什麼好多加著墨的。

於是，我便天馬行空地胡思亂想……換句話說，跟什麼也沒想其實是差不多意思……不過我還是一直有在注意玄關那頭的動靜。一晚好眠過後，現在我完全沒有半點想睡的欲念，只要一有空（一直都很有空），我就會從只有幾公分的門板縫隙向外窺探，默默等待著U的父母歸來。

我也想過或許他們從事的是日夜顛倒的工作……換言之，在U從學校回來時，他們就會外出工作；而當U去上學時，正好也是他們結束工作回家休息的時間；說不定這就是U的家庭生活型態，這樣的可能性也不是完全沒有。但不管他們從事怎麼樣的工作，她的父母真的能接受與女兒的起居作息完全錯開的生活方式嗎？我對此感到疑惑。這幾乎就是將孩子完全置之不理了嘛。

將孩子置之不理。

都想到這個份兒上了，這時候我就該更往前踏出一步好好思索其中的疑點才對，可惜的是我擁有的情報並不足以讓我踏出這一步，對一個唸大學的年輕人來說，人生歷練仍嫌不足，儘管渴望成為作家，但想像力還是差了一截。

理所當然地，用不著我向各位聰明的讀者多做解釋，不管我再怎麼豎起耳朵等待，她的父母還是沒有回來。我猜不透U究竟做了哪些計畫，也不曉得哪些是她率性而為的舉動，要把眼前所見的當成證據稍嫌太薄弱了些，但如果她的父母會回來的話，把我一個人留在家裡她卻跑去上學也是很奇怪的事，或許這個時候我就該注意到了。

我早該發現她既然將我監禁在這種地方，就表示她的父母永遠不會回來了。

因為我只是區區一介人類，很多事情都沒辦法想得透徹，雖然把『養』這個字眼當成字面上的意思照單全收，但只要想成是小學生撿了路邊的野貓棄犬回來的情形就說得通了。她會把可憐的動物藏在容易被父母發現的置物間裡嗎？不可能有這種事，再怎麼樣都不可能。

若能把這些當成佐證一併納入考量，我就該知道用不著繼續等待她的父母歸來，也不會消耗這麼多心神……但是，光是為這些事就已經耗費大半心力的我也愈來愈難以動腦思考。

就連放棄等待她的父母歸來這點判斷都辦不到，可見當時我的腦子已經出現相當大的問題了吧……不管怎麼說。

玄關門鎖傳來插入鑰匙的聲音，看見門鎖被轉開的那一瞬間，心想著「終於啊」，我忍不住興奮得握起拳頭。U的父母終於回來了，我等了這麼久總算有代價。其實什麼代價都沒有，只是U從學校放學回來了而已。

在U回到家的這半天時間裡，我真的無所事事地就這樣度過了。心裡反而還冒出了「自己還真是了不起」的錯覺。

話說回來，我從以前就是對排隊不太抗拒的那種人。應該說，我很喜歡排隊。也可以說我就是那種喜歡等待的人……為了達成某種目的而消費時間，跟埋頭苦幹有點不太一樣，但我對於忍耐還挺有自信的。不過在這種時候，或者是大多時候，忍耐都不算是什麼美德吧。

無論如何，半天的光陰就這樣過去了，U已經回到家來。想趁U不在家時打電話給警察求救脫逃的計畫，至少在明天之前都不可能付諸實行了。到明天之前……

U脫去鞋子，連書包都沒有放下就一直線地走到置物間前——

「我回來了。」

她開口。

總而言之，她的確是個會乖乖打招呼的孩子。但那究竟算是注重禮儀還是注重生活規範呢？我把自己的那一票投給後者。面對把自己監禁起來的對象，要稱讚她相當有禮貌未免太奇怪了，我說不出這種話。

但今天早上我沒有好好向她說聲「路上小心」，這件事的確在我心裡造成了一些陰影，所以這一次我沒有吝嗇地立刻應聲：「歡迎回來。」我也有哪裡出了問題吧。

這時，U從口袋裡拿出小刀。把小刀放在口袋裡是很正常的事，而且小刀也收在刀鞘裡，但U馬上就把刀身抽了出來。今天不是拿兩支，只有一支。

然後U往置物間的拉門走近一步，我也跟著從縫隙前退開。要是被她知道我緊貼在門上窺視著外頭的動靜，U說不定會拿膠帶或什麼的把縫隙給封死。

只是無法窺見外面的狀況也就算了，但連門縫都封死的話，我可能真的會窒息死亡。就跟沒考慮過這種可能性就把捕蟲籠的縫隙全部封死的小孩子沒兩樣，U若真的這麼做就不是可能性的問題，而是該歸類到危險性的範疇了。

那頭傳來喀嚓喀嚓的聲響。那是什麼聲音？一時之間我也沒辦法做出判斷……這是完全出乎我意料的狀況，U似乎正準備把置物間的鎖打開。咦，不會吧，真的會有這種事嗎？我才想著，眼前的門就已經被乾脆地推開了。

就跟天之岩門（註5）輕而易舉被撬開了般教人感到無比衝擊……不過我跟神話中那個角色所站的位置正好相反就是了。

敞開的拉門那頭，U正拿著小刀指向我……不過這是怎樣，處於攻擊範圍外的距離根本讓人感覺不出半點威脅嘛。

正因為感覺不到威脅，也就奪走了我的行動能力。在做出選擇前，我已經先進入待機模式了。雖說不具威脅這一點讓我什麼也做不了，但就算真的感受到威脅了，我想我也同樣動彈不得吧，我到底該在怎麼樣的時機做出怎樣的反應才好？

是不是該抱膝窩在置物間一隅，裝得好像在思考什麼一樣……搞什麼鬼，這種毫無特質的人類是打哪兒來的呀？

「…………」

U說了什麼，刀尖依然指向我，然後準備卸下書包。中途她還把小刀換了隻手拿，才讓放下書包的動作順利進行……話說回來，一邊放下書包一邊拿小刀對著我也沒什麼意義吧，那種看起來有一堆可乘之機的舉動，反而讓我不知道該有什麼反應才好。U就

5 出現在日本神話中，以岩石鑄成的洞窟。

算不使用小刀，說不定也能把我綁來這裡呢。我自虐地想。

為了打開書包，U終於肯把小刀放到一邊。現在的話，我一定逃得出去，但此刻的確信對我而言不過是種傷害。換言之，U只是以完全符合小學生身分的不成熟走一步算一步罷了，而我卻因為一個小學生而煩惱該不該丟臉且可悲的偷偷逃跑。

如果是處於緊急狀態還說得過去，但當U把小刀放下的那一瞬間，這場鬧劇就無法稱為緊急狀態了……因為門已經被打開，我甚至不算被囚困監禁。

玄關的大門還鎖著，被人拿刀脅迫的狀況並沒有因此消失，我背上和小腿的傷也都尚未痊癒，眼前的事態依然是緊急的，什麼都沒有改變……

斯德哥爾摩症候群，我已經不記得當時還在唸大學的自己認不認識這個詞彙。那時正好是我亂七八糟大量涉獵各種知識與專門用語的時期，就算知道也沒什麼好大驚小怪的，但我好像是在正式成為作家之後才意識到這個專有名詞。哎，就算當時不知道也沒什麼關係啦，總之從這個時候開始，也許我的心境就有一些變化了。

換言之，就是遭到綁架的被害者對犯人產生好感的現象……斯德哥爾摩症候群多半是發生在強盜與人質的關係上，更準確一點來說，我的情緒轉折或許跟那種的也不太一樣。

我只能等著看U要從書包裡拿出什麼。她拿出的是塑膠袋。袋口緊緊綁起的三袋塑膠袋。拿出來之後，U又慎重地關上書包，接著把那三袋塑膠袋遞給我。

簡直就像拿糯米糰子分給狗、猴、雞的桃太郎一樣……不不不，我當然不可能見過桃太郎本人。

「飯。」

U這麼說，面對遲遲沒有伸手接過塑膠袋的我，U似乎懶得再等下去，把那三袋塑膠袋擺在置物間的地板上便往後退了一步往外走去。接著撿起她剛才放在地上的小刀。

飯？

我怯怯地……不對，不是怯怯地，而是抱著戰戰兢兢的心情伸手拿起那些袋子。打從出生到現在，我從沒見過像廚餘一樣被裝進塑膠袋裡的飯菜。塑膠袋本身是有色的，所以看不見內容物……裡頭到底裝了什麼？該不會是在附近的便利商店買來的餅乾或麵包吧，但看起來又不像這麼回事……

費了好大一番功夫好不容易把綁得死緊的塑膠袋口打開，才知道袋子裡裝的原來是炒麵。不是炒麵麵包，只是普通的炒麵。也沒有用紙盒裝著，就直接把一人份的炒麵放在塑膠袋裡。接著打開第二個袋子，裡頭裝的是鹿尾菜？最後的第三袋，裝的是大亨堡。每一袋都讓人覺得莫名其妙，但把三袋合在一起後，大概就能知道這些食物是打哪兒來的了。

「這是、飲料。」

U像是忽然想起有什麼忘了，又再次打開書包拿出一盒盒裝牛奶，這也讓我更加確定那三袋塑膠袋的來源。

沒錯，是營養午餐。

學校的營養午餐。一人份的營養午餐。

看來U應該是把學校的營養午餐當成給我的餐點打包帶回來了吧。簡直就像是給路邊的小野狗吃的『飯』……不對不對，U都順應我的要求帶著食物回來了，我怎麼能滿嘴抱怨。該要心懷感激才是啊。

心懷感激？對綁架我的犯人？

我到底在說什麼啊。

腦子果然沒辦法好好運轉了……要是在這種時候道出感謝，我一輩子都會被監禁起來的。這種直接裝進塑膠袋的營養午餐，就算求我，我也是不會吃的。牛奶和麵包是還能吃啦，但炒麵和鹿尾菜光看就讓人想退貨……

我邊想邊咬了一口麵包，過了半天時間，雖然還不至於餓到受不了，但確實是餓了。突然把牛奶灌進乾渴的喉嚨裡實在有點吃不消。奢侈果然是敵人啊……

就在這一瞬間，也就是在我咬下麵包的這一瞬間，一把小刀突如其來地飛向我的腳。這不是比喻，是真的飛過來了。當然，要說得更準確一點的話，不是朝我飛來，而是扔過來才對……

如果這是漫畫或電影，小刀應該會穿過我的腳趾縫隙刺入地板才對，但現實世界中，小刀這一類的東西很難成一直線飛向目標，尤其投擲的人只是個小學生就更不可能了。因重心問題，小刀是邊迴轉邊朝我飛來的，而且還直接擊中我已經脫去襪子的腳。直接擊中。

幸好刀身迴轉的方向對我有利，打中我的並不是刀刃而是刀柄，只要痛一下就沒事了……要是再多轉個半圈，刀尖很可能會直接插進我的腳背。

說什麼充滿可乘之機，根本就不是那麼回事。實在是誤會大了。我忘了U是個很恐

怖、而且非一般常識所能論定的小孩，所以才會一時大意。我把視線從腳背移到U的方向──

「…………」

U正咬緊牙關，出現在我眼前的是一張快哭出來……不對，應該是快要發飆的小孩臉孔。

「吃、吃飯時……」

U斷斷續續地開口。

「在、在吃飯、吃飯之前……應該、應該要說……我開動了才對！」

昨天我已經看過她哭泣的樣子了……不，我沒看過，我只是隔著門板感覺到而已……但我還是第一次看見U生氣的模樣。

我沒說「我要開動了」。就只是因為這樣，就只是因為我沒說「我要開動了」，就讓她產生如此激烈的反應。這個連是死是活都讓人搞不太清楚的淡漠小學生──讓人無法理解、不曉得到底是什麼生物的小學生，這是她第一次在我面前表現出如此生動的一面。

U對『打招呼』的強烈堅持……這一瞬間我真的連肌膚都確實感受到了。就如字面上的意思，我用腳背的肌膚真實且直接地感受到了……

當時因為聲音太小而聽不清楚的U對我說的第一句話不是別的，就只是一句簡單的「初次見面」，直到這一刻我才終於想通了。

「要……要說我開動了、我開動了、我開動了……才對嘛！」

迫於接連大叫的U散發出的氣勢，我急忙把麵包放回塑膠袋裡，說出她所要求的那句臺詞。自從一個人生活以來，我已經很久沒有說過「我要開動了」這句話。

我話一說完，U就好像按鈕被切換了般，前一刻的激動模樣已不復見。雖不至於瞬間就變臉開心起來，但至少應該恢復中立狀態了。

應該，會使用如此曖昧不清的字眼是因為之後她馬上就關上置物間的門，再一次上鎖，我當然不可能知道U後來的情況……說不定她一回到自己的房間就繼續把怒氣發洩在家具上，又或者躺在床上生悶氣。

我當然沒辦法確認。

但能夠確定的是，她大概不會把另一把小刀也朝我扔過來了……我可以稍微鬆一口氣了吧。如果她是瞄準之後控制力道再丟也就算了，居然那麼激動地把刀子朝我丟來，U也真的沒在客氣的。

就在這個時候，我才注意到U忘了把那支對著我扔來、引發問題的小刀給帶走了。彈到我的腳背後又掉落在地板上，然後小刀就維持原樣躺在原地。

我撿起小刀看了看。

沒有任何機關或陷阱，就只是一把小刀……硬要說的話，刀柄的部分還用麥克筆寫著U的名字。只寫出她的姓氏。

若是把這種東西交到被監禁者手中，未免太不謹慎了……從頭到尾都很不謹慎，她果然什麼都沒想吧？又或者，留在置物間裡的這把小刀其實隱含著「如果對監禁生活感到疲憊的話，就拿這把刀自我了結吧」的意思？

這樣未免太沉重了。拜託饒了我吧。說不定她馬上就會折回來拿了，就這麼丟在地上也很危險，但出了鞘的利刃也不能收進口袋裡，所以我便撿起小刀放在一旁的雜物盒上。

就算不拿來自戕，這把小刀說不定還是能幫上什麼忙……不，我話先說在前頭，這把小刀並沒有幫上什麼忙。不會像小說一樣留下任何伏筆。

現在最重要的還是先填飽肚子再說……U只留下食物，別說碗盤了，連雙筷子或叉子都沒有，我只能用手抓著吃。如此一來，能吃的還是只有牛奶和麵包而已……直接放在塑膠袋裡的炒麵和鹿尾菜實在太像殘羹剩飯了。雖然是被強迫才說的，可既然都說出『我要開動了』這句話，我也不能浪費食物，得好好享用才行。

無論如何，現在也不是可以依喜好做選擇的時候了。肚子一餓起來，管他到底是不是殘羹剩飯，都得照單全收吃下肚才行。既然不知道U什麼時候才會再施捨食物給我，就不能暴殄天物，必須把一人份的營養午餐分做好幾頓慢慢吃才可以。

在這個飽食的國度、這個飽食的時代，真不知道我為什麼非得考慮這種事不可，總之將食物拆分成好幾份後，我才開始吃起已經長達八年沒接觸過的營養午餐。

22

想把一餐份量的食物分成好幾頓吃根本是不可能的事。一開始雖然很抗拒，可一旦開始放入口中咀嚼，沒一會兒功夫就全吃完了。只有一餐根本不夠。

之所以感覺不到飢餓，是因為有其他太多該去感受的狀況，其實我可能早就已經餓壞了。牛奶對乾渴的喉嚨來說是太負荷了些……但我還是以稱不上健康的方式一口氣喝光了整盒牛奶。

連我都忍不住對自己的意志竟如此薄弱感到無奈。

這算是反省吧。

用手抓著炒麵和鹿尾菜吃完後，我倒是不曉得該拿油膩膩的手怎麼辦才好了。身邊又沒有可以拿來擦手的紙巾，置物間裡也找不到。就算真的有，我也沒那個膽量敢擅自拿來使用……

最後我只能像個小學生般反手抹在自己的褲子上。我認為這麼做至少要比用襯衫擦來得好，可是這個時候我已經搞不清楚究竟什麼才是正確的了。因為沒有用清水沖洗的關係，附在手指上的黏膩感依然無法徹底抹去。

用完餐後，明知道U不可能還站在置物間前，我還是說了一句『謝謝招待，我吃飽了』。然後再也無事可做。

早就決定要花上今天一整天等她的父母回來，但我絲毫感覺不出他們有要回來的徵兆，甚至生不出半點預感，等不到日落，我已經處於半放棄的狀態。

我開始在腦海中推理，她的父親和母親會不會一起出門旅行了呢？所以U才會選擇這個地方來當監禁我的場所……這種猜測至少比瞞過父母的雙眼，偷偷在家裡『養』個人要實際多了。無論如何，她的父母總會有回來的一天……可我實在不認為那孩子會做出這種合乎情理的考量。U應該是能毫不抵抗地遵從自己所認定的優先順位，把人監禁在與父母同住的屋子裡，直到遭受他人的責備，才會注意到異常之處的那種類型才對……就像那一天，她從我的目光中察覺到自己的失敗一樣。

但那不過是『失敗』，絕非『錯誤』啊……以她的年紀來說，大概還不能理解其中的不同吧。

總而言之，還是讓我們快點進展下去吧，這天直到最後一刻，U的父母還是沒有回家。

入夜後，我便睡了。

今天再等一天，要是她的父母還不回來就打電話給警察的決心又再次動搖了。

我不想把事情鬧大，不願跟警察聯絡把事情搞得很誇張的心情，隨著時間一分一秒過去後有增無減……在被她拿刀子扔……在吃下那像極了殘羹剩飯的一餐後……我是真的開始對這個用來監禁自己的置物間感到安然自得了。我也不是很理解當時的心境究竟是怎麼回事，不管是誰都會規勸我立刻逃出去吧……就算是我自己看到這一幕，一定也是這麼想的。

急迫的危機確確實實地存在眼前，怎麼還能如此悠哉自若呢……在有限的記憶中，我記得為自己找的藉口是『今天太累了，等明天再說吧』『今天實在太想睡了，明天再加油吧』這一類跟面對搞砸了報告時差不多的心態。

明明是跟自己的性命息息相關的大事，我卻那麼隨便、那麼不以為意，或許是因為當時的我感應到什麼的關係。我希望能有些什麼，否則我的行動（也就是毫無行動）也太不可理解了。

不對。只有一個，在這一天、在這一夜我沒有打電話給警察的具體理由，其實也不是完全沒有……就算沒有這個理由，我想我還是不會打電話給警察求援，總之我的確是有個類似理由的理由。

那是夜裡幾點的時候？就感覺來說，應該是九點或十點左右，我已經接受她的父母不會回來的事實，於是從口袋裡掏出手機。那時的我終於下定決心要打電話給警察了。

我試著做我該做的事。至今為止的人生，我也曾有撥通119——也就是打電話叫救護車的經驗（像是目擊了交通意外的時候），但從來不曾打過電話給警察，撥打這通電話實在需要一些勇氣。我該怎麼向警察說明狀況呢……就在我一邊思索，一邊準備打開手機電源的前一秒——

「晚安。」

像是看準了這個時機點，門外傳來U的聲音。

我反射性地將手機收回口袋裡（U當然沒有透視能力，但她出聲的時機實在抓得太巧了點），同時也反射性地對U應了一句『晚安』。會出聲回應她，並不是因為擔心若持續沉默又會讓她發飆……真的就只是反射性的回答了。以生活習慣這點來說，我跟U並沒什麼不同。雖然我不像U是對口頭上的問好堅持到近乎神經質的地步……總之，U似乎很滿足地（因為看不到只能猜測）從置物間前離去了。接著傳來爬上樓梯的聲音，她應該是回到位於二樓的房間去了吧。

這個時候我並沒有想得太多（因為我已經疲於思考了），先不管其他的招呼用語如何，單就『晚安』來說，就算不回答，U好像也不會有太大的反應……就既定的因果關係來看，前一天少女在睡覺之前，應該也有過來跟我打招呼才對。只是那個時候我大概已經沉入夢鄉了，所以並沒有出聲回應……她也沒有因此大吼大叫、或是拿小刀丟我。在U的認知裡，應該是有『不能吵醒睡著的人』這項規則的吧。而且這個規則會被優先採納……就算我不回她『晚安』，U只要不具備透視能力，就會認為我『已經睡了』，於是才丟下我沒多加理睬。

但我還是回應她了。

因為她跟我說晚安，我便用同樣的臺詞回應她了……我不是想大力推崇這樣的理由，可在那之後我也沒有再從口袋裡拿出手機。

我大概是認為不能妨礙U一夜安眠吧。既然都已經道過晚安……不對不對，我並沒推崇這種理由的意思。

事實上，這不過是讓我墮入萬丈深淵的愚蠢決定罷了。我就是這樣子的人，只能是這樣的人，不管是過去或現在。當然從今以後也不可能有所改變。

我的監禁生活第二天就這樣結束了。

接連著第三天。

23

我跟自己說要忍耐到極限，只是我沒想到極限會以如此意外的形式造訪。不對，在某種層面上，這件事實在沒辦法再拖下去了，或許這只是必然會發生的結果吧。

第三天的早晨，基本上就跟第二天大同小異。睜開眼睛後，向對我道出「早安、我出門了」的U回應幾句，從僅僅幾公分的門板縫隙目送她出門上學，家裡又只剩我一個人了。

一個人。她的父母並沒有回來的跡象。

別說小刀了，U連用來裝食物的塑膠袋都沒有收回去。昨天過後，置物間的門就沒有再被打開過。換句話說，吃過那一餐後，她就沒有再拿食物進來給我了……光靠那一餐實在不足以應付身體所消耗的，所以情況雖然和第二天沒什麼兩樣，我的身體機能卻隨著時間一分一秒流失而逐漸惡化。身體感受到的飢餓直接轉化成心理的壓力。

但（在這個時候）飢餓並不是太大的問題，在還可以忍受的範圍內只要當作修行咬咬牙就能撐過去了，或是當成嚴苛的減肥方式也行。沒有人會因為忍受不了飢餓而向警察求救的。

正因為如此，我反而沒辦法輕易採取任何行動，這種彷彿受到束縛而無法自由活動的狀態依然持續著……毫無變化、不斷重複的相同感覺一再推遲了我下定決心向外求援的時機，不斷推遲、不斷推遲……

想不到極限竟以如此意外的形式前來拜訪。意外，卻也必然。

說起來是有些低俗……但用不著我多作解釋，想必大部分的讀者都已經猜到了，到了被囚禁的第三天，我真的很想上廁所。但理所當然地，對我而言無疑是牢獄的置物間內，是不可能有那種設備的。

以這個層面來說，這裡簡直比真正的囚牢還不如。

我緊貼在門板上向外觀望，置物間的正對面有一扇看起來應該是廁所的門……但想到達與我相距差不多有一公尺遠的廁所，大概只有WARP（註6）才辦得到。WARP？TELEPORT（註7）？瞬間移動？什麼都好，我要是辦得到的話就不用這麼辛苦了……不對，我要是辦得到那種事，一開始就不可能被關起來。

真是急轉直下的莫大危機。我不得不用力詛咒居然想都沒有想過這種問題的自己。忽然之間就束手無策了，完全沒有後路可退。

這下真的只能叫警察來了，我認真地想……但又覺得好不容易，好不容易這個用詞不知道正不正確，但總而言之，我好不容易找到可以大事化小，平靜解決事情的好方法，只是因為想上廁所這種生理性的理由就叫來警察真的好嗎？這樣的想法也確實存在我的心中。

以這種方式結束真的好嗎……但擺在眼前的現實問題，而且還是來得如此急迫的狀況，我還是得想辦法做些什麼才行。

回過頭想想，這應該是唯一的一次吧。能夠發揮決策力的契機就只有這一刻了，只要拿出手機叫來警察，這件事就能告一段落……以一般常識來解決這次的事件，現在就是最後的機會。若是錯過這一次，就不會再有下次了。也就是所謂的最佳時機。

或許是神為優柔寡斷的我找了一個打電話給警察最好的契機……不過這樣的說法也有哪裡怪怪的就是了。

6　利用宇宙的扭曲空間，以達到瞬間移位。

7　利用念力傳送使人或物體的位置移動。

但，我還是忍不住尋找起其他的可能性。在這麼重要的時刻，我仍在想有沒有其他更好的解決方法。為什麼要做這種多餘的事呢？只是單純學不會放棄嗎？就算過了十年，我還是不知道。

首先我賭的，是U忘記將置物間上鎖的可能性。說是賭一把，從昨天她為我帶來食物，又用小刀丟我之後就一直沒再打開過的那扇門……那個時候我確實聽見了上鎖的聲音，想也知道這個賭注根本贏不了。可是當時的上鎖聲也許只是我聽錯了，這樣的可能性雖然微弱但還是值得一試。

只是有可能，確實是有這樣的可能性，但就真的只有一點點，我試著將門板往旁推開，卻只能推個幾毫米就再也動不了了。

真是空虛的嘗試。

不過其實也沒有那麼空虛，試著打開門這只是第一步罷了，動手嘗試過後，我也知道還有其他打開的可能性。雖說上了鎖，但這扇拉門並不是完全固定的，而且還相當不牢固。

門板的縫隙從原本的兩毫米被我拉開到五毫米左右的寬度。

沒錯，這裡並不是金庫，也不是監牢。既不是密閉空間，也不是為了囚禁他人而存在的地方。但不得不說，我確實感到有些意外。

要是手段激進一點，只要利用工具箱裡的鐵鎚或鋸子、或是U拿來扔我的小刀也可以，這扇厚度只有幾公分的拉門應該也是破壞得了吧，但在那之前還有值得一試的另一種做法。

並不是什麼太困難的嘗試，只是把橫開的門板往上抬起罷了。不是打不打得開的問題，而是直接把整扇門從滑軌上移開……如果是做工牢固的門，在上了鎖的情況下絕不可能被移動，但這裡只是置物間，要是造得隨便一點……如果當初在建造時，只是為了圖個方便才做了這扇拉門，說不定真的有被搬開的可能。

換句話說，就是從鉸鏈的地方直接打開的脫困方法。當魔術來看的話，這種手法早就被用爛了，但把這種手法套用在拉門上還算挺新鮮的，當然前提還是如果能成功的話啦……

真是萬幸，我的猜測果然沒錯，門輕而易舉地就被抬起來了。這究竟是幸或不幸，以長遠來看，我也不太清楚，但我總算能在不破壞拉門或門鎖的前提下，成功從置物間裡逃出來了。

把置物間的拉門暫時靠在牆壁上（因為上了鎖的關係，沒辦法大幅移動，只能勉強做出讓一個人鑽過的寬度），我立刻衝向對面的廁所解決生理需求。現在已經不是抱怨「不想使用別人家的廁所」這種神經質又狂妄任性蠢話的時候了，我衝向廁所的腳步沒有半分遲疑。

於是，我終於在逃離了置物間的這一刻，也同時逃離了比飢餓更要命的生理危機，我確實逃過了眼前的危機。但也因為做了這種事，反倒令我接下來的處境更動彈不得，只是這個時候的我還沒有注意到。

24

說是從置物間脫困了，但我被監禁的狀況依然沒有改變……當然，不管是玄關的門鎖、窗戶上的鎖、或是哪裡的鎖都好，從內側都可以輕而易舉地打開。

走出廁所後，我思索著接下來該怎麼辦才好。什麼怎麼辦才好，不是應該快點從U家離開嗎？就連昨天搞得油膩膩的手都洗乾淨了……這時候我終於注意到自己的鞋子已從玄關消失，但我也不是光著腳走路就會死掉的那種纖細人種。

如果掛在廁所裡的時鐘顯示正確，現在正是上午十點。小學四年級的話，今天說不定只上半天課，那麼U至少兩小時之內還不會回來。在她回來之前，我還有充裕的時間。

充裕？充裕什麼啊？我是在什麼情況下以為自己的時間還很充裕的……簡單來說，這個男人——就是十年前的我，也就是現在的我，這個男人只要沒被利刃抵著脖子，大概就認為什麼事都還很充裕吧。

所以才會無法從現狀逃脫。

沒發現自己所走的這條路只是浪費時間的泥沼，泥濘都已經淹到膝蓋了……不，就算整個人下沉到連喉嚨都淹沒其中，只要還能呼吸，我就覺得『還沒有問題』。

我想，這跟年輕也有關吧。

當時的我和現在的我在個性上並沒有什麼不同，習慣也沒多大改變，不對，就像我之前一再提起的，我在身為一個人類的彆扭度可以說愈來愈惡化了。都已經是個社會人士了，卻無法融入這片社會，說起來實在很奇怪。在人際關係上，以前辦得到的事現在也逐漸無法堅持下去了，我確實感受到這一點。

可就算如此，如果現在的我陷入跟當時的我一樣的狀況，我想我應該會在這一刻放棄，直接從U的家離開。再怎麼努力（如果這也算努力的話）也只能到此為止了。說不定我會留封信給U（不，我一定不會這麼做的），在不破壞拉門的前提下，自食其力從置物間脫困的那一瞬間就全部歸零，遊戲結束了。

年輕真是件恐怖的事。U那種只有小學程度的稚氣令我害怕，但現在的我同樣對二十幾歲時的自己不假思索的危險作為感到戰慄。不，重複一遍，從未來裁斷過去並沒有意義。反正再過十年，四十歲的我回過頭審視這一切時，一定會認為不管人世間的人情義理如何，也不該把這種精神創傷公諸於世才對，我此刻的所作所為同樣危險得教人忍不住捏一把冷汗。

總而言之，這時候的我已經決定暫時還不會從U的家離開。在確保了上廁所的管道後，我的監禁生活也變得愈來愈愜意舒適，或許我真的太悠哉了。

除此之外，臉皮也不知怎地愈來愈厚。既然都借用了別人家的廁所，接著想做的就是洗澡了。自從被關進這間屋子裡，也就是從被綁架的那一天到現在，我已經連續兩天沒洗過澡了。又不是青春期的女孩子，雖然不至於沒辦法忍受，但想好好洗個澡也是人之常情吧。

但到頭來我還是放棄了這個想法。借用廁所和借用浴室在實質意義上可是差很多的，不知是良知還是常識作祟，我告訴自己沒有經過主人的允許就擅自使用浴室是絕對不行的。這究竟是以什麼做為基準我也說不上來，其實用不著解釋太多，我想大家應該都能理解我的心情才對。

大概是緊急程度的不同吧。

如果我是正值思春期的少女，以『優先順序』來說，最重要的或許就是借用浴室把自己打理乾淨了……

沒有任何理由，總之我決定先到U家的廚房看看。

就跟想洗澡的欲望差不多，我同樣也有肚子餓加喉嚨乾渴的飢餓欲求。

只要找到廚房，就能多少喝點水了，說不定還能找到零嘴什麼的。就算擅自借用浴室是不被允許的，但拿點零食吃應該可以被原諒吧。硬要說的話，這算是竊盜行為，可飢餓也是一種緊急事態啊。

雖然比一般民房寬敞，但這裡總歸還是間民宅，我心想這個家的起居室應該也兼作飯廳使用，接著一腳踏上走廊（我有盡量放輕腳步別發出太大的聲響），尋找著可能是起居室的那扇門。

只要看到門板的花紋樣式，大概就能知道裡頭是什麼房間……如同置物間的門就只會符合置物間該有的厚實度，從門板就能窺見其個性。因為是摻入人的意圖製作出的實物，比血型占卜什麼的可信多了。

我並沒有自誇的意思，但證據就是，果然我一下子就找到通往起居間的那扇門了。

不對，其實我連想自誇的餘裕都沒有。一打開門，映入眼簾的起居室景象，頓時令我啞口無言。

凌亂得太離譜了。

是還不至於到彷彿小偷入侵或颱風過境的程度，但好像平時根本就沒在打掃。

東西散亂一地，這麼說來我不也一樣嗎，可以心平氣和地隨手把東西往地上丟……比起全家人一起住的民宅，這裡更像是只有一個人獨居的套房，我沒有誇大其詞，真的有種驚悚的感覺。

不，我是誇大其詞了吧……

光是房間很亂就扯到『驚悚』這種字眼，實在說得太過分了。畢竟我現在是遭到監禁的身分，可能是神經過敏了。因為被監禁在一般民宅裡，總讓我有種玩『扮家家酒遊戲』的錯覺，而這幢民宅內部卻散亂得不像一般家庭居住的地方，我才會冒出這種直率的感想，但這樣的散亂程度其實還不算什麼。

至少還稱不上是垃圾屋。

我沒有資格去評論別人家乾淨整潔與否……又不是那種不管遇上什麼事都要抱怨個幾句的高潔之人。『看起來似乎很有教養』的U家起居室居然會亂成這樣，的確是令我深感意外沒錯，但這也沒有違反哪條法律規定啊。

雖然心裡這麼想，我還是沒辦法欺騙自己，只得趕緊把視線從眼前這一幕驚悚的畫面上移開，接著走進廚房（就說了這個家並沒有亂到舉步維艱的地步），打算先喝個水來拯救我又乾又渴的喉嚨。

就在這個時候，我注意到有哪裡不太對勁。

我也盡可能地不去胡思亂想，但可能是讀了太多推理小說的關係，所以才會忍不住去注意一些小細節嗎？

我注意到的是，洗碗槽幾乎沒有使用過的痕跡。

嗯？一開始我也搞不懂這有什麼好奇怪的，但當我仔細往腦海中的疑問進行逆向思考，才發現這股異樣的感覺來自何處。

對啊。在做飯或清洗東西時，洗碗槽有可能完全不被沾濕嗎？今天早上若是使用過，現在也才剛過十點沒多久，未免乾得太快了。還是說高級的洗碗槽乾得比較快？不，不是這樣的……在使用完後，如果用擦碗巾或什麼的擦拭過，還是有可能恢復成像『沒有沾濕的狀態』。

可一個允許起居室亂成那樣也不收拾的家庭，有可能對洗碗槽的乾濕與否過於在意嗎？碗盤和菜刀也看不出有使用過的痕跡，是因為在洗淨過後還用擦碗巾擦乾水分的關係嗎？

……冷靜一點。在這之前，還有更重要的問題。

現在這個家裡，只有U這個唸小學四年級的女兒而已。又不是電視上播的卡通故事，唸小學四年級的女兒真有可能一手包辦全部的家事嗎？煮早餐、清洗碗盤，她真的有可能什麼事都靠自己一個人做好嗎？

那間散亂的起居室，不就證明了某些狀況嗎？父母親都不在家的情形下，唸小學的U把起居室搞得亂七八糟是很自然的吧。

思及此，我不由得為自己那種推理小說似的思考模式感到滑稽，但如此一來，喝水這件事也變得困難多了。若是弄濕了洗碗槽，我開過水龍頭的事實就會被發現……雖然不認為只是個小學生的U會有這麼入微的觀察力，不過還是謹慎點好。等喝完水再用擦碗巾或衛生紙把洗碗槽清理乾淨就行了，但又該怎麼解決擦碗巾和衛生紙呢……擦碗巾可能一時半刻乾不了，使用衛生紙的話，量就會減少了。

水龍頭就在眼前，我怎麼可能耐得住喉嚨的乾渴。只好祭出極為悲苦的方式，將水龍頭稍微扭開一些，讓水以不會噴散的程度慢慢流出，我把頭湊到蛇口底下張大嘴，一滴也不讓外流的飲下那幾乎只能算是水滴的水流來滋潤喉頭。

只要適切的補充水分，人就算什麼都不吃也能活上兩個月……所以能確保水源的這一刻，我真的覺得很開心。唉，說水源是太誇張了點……其實我真的很想大口大口地豪飲，但現在已經不是說那種任性話的時候了。

接下來要解決的問題就是食物。關於食物，我認為應該頗有希望。以被監禁的身分來說，當然不可能做出洗手做羹湯那麼誇張的行為，但起居室裡應該有留給小學四年級的U吃的食物才對。

從洗碗槽和碗盤都沒有動過的痕跡看來，她吃的應該是很簡便的、大概只需煮沸開水就能下肚的食物……我邊想邊環視整間廚房。雖不至於像起居室那般髒亂，但廚房裡同樣也亂七八糟的。

只需環顧一圈，我就知道這裡什麼也沒有。

這個時候，我又再次湧出『驚悚』的感覺……說不定趕緊回到置物間才是上策，我心中的警鈴不斷嗡嗡作響。只是沒發現預想中的簡單輕食，如果只是這樣，倒還說得過，一切就再也無法挽回了。

可是這時候的我，對於心裡響個不停的警報完全沒有任何反應，只是單純地想著如果外頭什麼都沒有，冰箱裡說不定裝著什麼東西。儘管沒有卡通般誇張的劇情安排，一般小學生應該也會調理一些簡單的食物吧……腦海中冒出與方才完全矛盾的想法……如果是冷凍食品，就不需要什麼料理技術，只要按一下微波爐就能搞定了嘛。

想著想著，我伸手拉開冰箱握把。冰箱裡空無一物。

25

若說這個世上有什麼好悲傷的，絕對沒有比空空如也的冰箱更悲哀的事。有一陣子很流行那種少年少女努力與病魔對抗的電影，但拿來跟空蕩蕩的冰箱一比，就立刻淪為讓人哭不出來的娛樂作品了。

密閉空間裡，只有橙黃的燈光盡職地散發光芒，再加上壓縮機發出的空洞迴響聲。空空如也的意思，大概就跟打開一般紙箱沒什麼差別，但冰箱畢竟是家電製品，正因為是電器產品才更增添了其悲劇性。

裡頭明明空空如也，這臺機器卻還企圖想冰鎮什麼東西。就像寫一篇沒有半個讀者會看的小說，其中究竟包含了多深的悲哀啊。

之後我當然也跟著檢查了冷凍庫和蔬果室。配合這間房子的大小，這臺冰箱也比一般人家要大得多，不管是冷凍庫還是蔬果室的空間都相當寬敞，但塞滿整座空間的只有冰冷的空氣。

製冰匣裡甚至沒有一塊冰。

這是名副其實的，空蕩蕩的冰箱。

……嚴謹點來說，冰箱裡倒不是真的空空如也，也不是完全什麼東西都沒裝。裡頭有一罐草莓果醬和人造奶油。但只是多了這兩樣東西，就說冰箱裡並非空蕩蕩的也說不太過去。

如果冰箱外頭有麵包的話，果醬或許還派得上用場，但就是沒有那種東西。草莓果醬和人造奶油又不能直接拿來果腹。順帶一提，冰箱裡還擺著胡椒和醬油之類的調味料。

實在令人難以理解，難道U會拿這些東西當作早餐嗎？

事實明擺在眼前。集結了這麼多證據之後，再也沒辦法用任何託辭來搪塞。對誰沒辦法搪塞？不是別人，就是我自己……到了這一刻，我已經沒辦法再繼續欺騙自己了。

U・U。那個少女，根本沒有吃早餐和晚餐。就算想吃，家裡也沒有任何食材……這跟會不會煮飯沒有關係，她只能像剛才的我一樣，靠著喝生水來充飢。

這又代表了什麼？這就代表U每天唯一的一餐，只有學校發給的營養午餐。學校的營養午餐是她唯一的營養來源。

而我卻吃了她的營養午餐。我把她的營養午餐吃掉了。

因為肚子餓了，所以向她索求食物，我就這樣奪走了少女的食物。而且還是她每天僅有的一餐。

那才不是什麼殘羹剩飯。

U動都沒動過屬於自己的那份營養午餐，全都放進塑膠袋裡帶了回來……她是為了我才這麼做的。

對空腹的小孩子而言，這需要多大的意志力才辦得到？我一點都不敢想像，更不想深入去思考。

我居然還邊吃邊抱怨，這是多大的罪孽啊……不，其實我的心底某處早就知道了，我也感到懷疑。要說罪孽深重，把我綁架到這裡來的U應該更罪孽深重才是。

她不過是把一頓飯讓給我吃了，怎麼能就此抵銷她犯下的罪……不可能就這樣一筆勾銷的。就算是斯德哥爾摩症候群也該有個限度。我到底在同情她什麼？根本沒什麼值得同情的吧，就因為對方是個小孩子嗎？不過是一餐罷了。雖說是一天裡唯一的一餐，但不就只是一餐嗎？沒必要因此放在心上……但如果，如果她帶了第二餐回來呢？今天U會不會也為了我，把自己的營養午餐原封不動的打包帶回來呢？

這樣的猜測令我心驚膽顫。

不由得抱頭思索到底該怎麼辦才好。

但就算抱頭也不可能想出什麼好方法，我能做的只有關上冰箱的門，然後默默回到置物間去。

抬開置物間的拉門不用費什麼功夫，但要重新裝回去可不容易。尤其從內側實在很難把門架回滑軌上……就在我心想可能真的裝不回去了而打算放棄時，不知道怎麼搞的，門居然被我裝回滑軌上了。為了下次好辦事，我本想再試一次，但很遺憾的我並沒有找出其中的法則。

我心想，如果下次能裝卸得更順利就好了。為了下次走出去，再回到置物間的時候……

會考慮這種事也就表示，從U家離開、還有向警察求救這兩項選擇，在這個時間點已經從我心中明確的消失了。

明確得教人驚恐。而我自己，卻還沒有意識到這一點。

26

在U回來之前，我努力動員被關了三天已經遲鈍生鏽的腦細胞，開始仔細思考這究竟是怎麼一回事。這個家裡究竟發生了什麼事。

無人之家。不管經過多久都不會回來的父母。空蕩蕩的冰箱。亂七八糟的起居室。詭異的孩子。還有……被監禁在置物間裡的大學生。

就算外表看起來是很正常的房子，一走進其中才發現裡頭完全不是那麼回事，這樣的案例似乎隨處可聞……是不是事實我也不太清楚，反正就是常聽人這麼說，但也沒有扯到這種程度的吧。

總之，先來整理一下狀況，U現在是一個人住在這個家裡嗎？這個家是U一個人管理的？

少年漫畫的世界裡是有可能出現這種情形，像是主角的父母到國外出差，暫時不在家之類的；又或是父母親被邪惡組織滅口了……不然就是出了什麼意外而行蹤不明。那是因為親人這種絕對關係的存在若是待在主角身邊，主角就很難像個英雄般在故事裡大放異彩，但這並不是故事而是現實啊，況且U也不是什麼主角。無論再怎麼荒唐無稽的少年漫畫，也不可能讓一個小學四年級的小女生獨居吧。

U的父母到底在哪裡？

真糟糕。我應該趁還在外面的時候，連起居室以外的房間都一併探查過才對。如果這麼做，說不定還能知道她的父母從事什麼職業，或是性格、個人資料之類的……但奪走少女食物的罪惡感，讓我一時之間什麼也沒辦法想，只顧著趕緊把自己關起來。

要趁現在再出去一次嗎？不，不行。現在出去的話，可能會和從學校放學回來的U撞個正著……我想避免這種事發生。誰知道這次她又會朝我扔什麼東西過來了……一想到今天她也會把自己的營養午餐當作我的『飼料』打包帶回來，我就覺得非得乖巧地待在置物間裡等著她不可……不對不對，居然會產生這樣的心情，我一定有哪裡不對勁了吧？

可是不管提出再多論點，也沒辦法解決任何一件事。

我心想，等明天再說吧。明天，等目送U出門上學後，我再把門抬開、到外面喝點水，到時候再好好搜查一下這個家吧。我做的事愈來愈像個闖空門的竊賊，都快搞不清楚誰才是犯罪的那個人了，可是現在的我已經沒辦法什麼狀況都沒弄懂就從這個家離開。

我一邊等待U回來，一邊茫然地想著U到底是從什麼時候開始一個人生活的，但這種事不向她本人詢問又不會有答案……

27

果然如我所猜測的，從學校回到家來的U又把中午發放的營養午餐原封不動地裝在塑膠袋裡帶回來給我，

「飯。」

出聲的同時，她也把塑膠袋遞到我的面前來。

那是她唯一的營養來源。全部的營養來源。

接過袋子時，我猶豫著該怎麼開口才好。要說什麼？當然是要怎麼把這幾袋營養午餐交回U手上啊。

要是哪裡說錯了，說不定會傷害到少女的自尊。昨天我沒有說『我開動了』，U就氣到大發雷霆，很可能是過於飢餓引發的情緒失控，想到這裡我就更覺得該把食物還給她。她都把原本屬於自己的營養午餐讓給我了，我卻連句『開動了』都沒有，所以她才會氣極敗壞……了解事情的始末後，也就不覺得她那麼堅持有什麼不對了。

所以說，少女的這份好意……該這麼解釋嗎？我也不曉得該怎麼定位才好，總之我認為再怎麼樣都不能辜負她的那份心意。

我沒有直接說出「這是屬於妳的東西，還是妳拿去吃吧」，而是稍微拐了點彎，為了

不讓U看穿我的意圖，我刻意用柔和的聲音對她說：「我現在沒那麼餓，也吃不了這麼多，只要一半就夠了。」因為是在說謊，語氣聽起來很不對勁。

「………」

U似乎回應了我什麼，像是相信了我說的話，也或許她並不相信，我實在搞不懂，只見她頂著一張看不出表情的面孔走進置物間，開始解開塑膠袋。要解開自己打的死結對她來說似乎相當困難，搞了半天還是乾脆拿出小刀把袋口割開了。

今天的營養午餐是米飯。

直接把白飯裝進塑膠袋裡的構圖實在很超現實，根本就是太亂來了，但食物就是食物。對我而言、還有對U而言，這都是相當珍貴的一餐。

「我要開動了。」

聽U這麼說，我也跟著附和，於是這一餐就由我和U各分享一半。

放在其他袋子裡的湯（液體！）和沙拉同樣也一人一半……牛奶則由我全包。反正U想喝多少水就能喝多少水，給我一瓶牛奶應該沒差吧——不是這樣的，是因為U好像原本就不怎麼喜歡喝牛奶，才會由我收下的。這麼說起來，在我的孩提時代，的確是有不少不喜歡喝牛奶的女孩子呢。

只吃了一半份量，當然不可能因此飽足，我想U大概也跟我一樣吧。應該沒有因為身形嬌小，所以食量也小這種事。不對，U現在正值成長期，不吃東西的後遺症想必是U比較嚴重才對。所以我怎麼還能大放厥詞說什麼不滿呢。

或許有人會把我這樣的行為視為一樁美談，不對，既然有這種念頭，不就該想想其他辦法讓U獨自吃掉所有的食物才對嗎？一定也會有像這樣責問我的人存在吧。至於十年後的我，則比較偏向後者的意見，但既然猜不透U的心、也看不出她的反應，那個時候那麼做或許才是最好的選擇。

我的確是向U表達了自己的飢餓。因為肚子餓了，希望她能給我一點食物。對於這樣的要求，她居然把自己唯一的一餐全部貢獻出來，怎麼想都做得太過火了。

沒有考慮得太多，我就對U說出：「妳應該要把營養午餐分成兩份，妳先在學校吃一半，把剩下的半份打包回來給我就好了……」，但U想也沒想地就否決了我的主意。

善意實在是太過危險的想法。

極端的善意或是過了頭的善意總會有某些扭曲之處，變得與美好無緣，甚至還會讓人產生不快的情緒。

而且我根本搞不清楚這股善意的起因為何，同樣我也不懂對方心裡究竟在想些什麼。因為不明白對方的心情才會感到不快，我想其中必定有直接的關聯。

關於不懂對方在想什麼這一點，直到現在為止——包含在那之後整整十年的光陰中，我再也沒有遇過一個比U更令人費解的對象。因為她是個孩子，所以我無法理解這點理由當然包含在其中，但在那之前，她的價值觀和一般社會大眾、甚至跟我都是全然不同的兩碼子事。

為了和這樣的U達成共識，我們只能將食物對分一半。這已經是極盡努力的最後防線。當然對飢餓的我來說，在食欲這一點上，實在沒辦法把每天唯一的一餐盡數還給少女。東拉西扯說了這麼多，或許我單純就只是餓了。這也是很有可能的事。

「我吃飽了。」

U開口，我也隨即仿效附和。然後U站起身，打算離開置物間。在吃飯時她始終將刀尖對著我，不管是對我或對她來說，剛才那一頓肯定都不是可以放鬆心情休息的用餐時間。或許就是因為如此，她才想快點回到屬於自己的房間。

看著她依然沒有把塑膠袋收走，這名少女說不定非常不擅長收拾……不對，以年紀來說，她可能只是還沒養成習慣吧。

回憶起起居室的散亂景象，我重新修正了自己的想法。

想了一下，我喚住準備離開的U。U已經走到長廊上，「先等一下！」我對正打算關上門的U出聲道。雖然刻意問得雲淡風輕，其實我相當斟酌小心，只是大概失敗了。

因為我對U提出的問題是——妳的爸爸和媽媽……妳的父母怎麼了？

不過是一起吃了一頓飯，當然不可能就此拉近彼此之間的距離，這幾乎可以算是踩線越界的詢問了。就算她再一次拿手裡的小刀朝我扔來，也沒什麼好大驚小怪的……

「…………」

U微微歪著頭。該不會是沒聽懂我的意思吧？不會的，我並沒有使用什麼艱澀難懂的詞彙，她應該不會聽不懂我的問題才對。

難道是她沒搞懂『爸爸』、『媽媽』、『父母』的意思嗎？若真是如此，我也只能放棄與她溝通。我們之間的共通語言也未免太少了吧……

「把拔和馬麻……」

U緩緩擠出聲音。

「都不在了。」

然後闔上門。拉門另一頭傳來落鎖的聲音。

不在了？

「已經不在了。」

拉門的另一頭，U用低沉的聲音再次重申。

28

不在了是什麼意思？我想知道的是「妳的父母什麼時候會回來？」「他們現在在哪裡做什麼？」才會向U提出詢問的，得到的卻是出乎意料的答案。

不在了。已經不在了。

這是什麼意思？他們出門了，而且不會再回來的意思？還是說……該不會是『已經死了』的意思吧？不……我是推理小說看太多了，才會動不動就聯想到那方面去，死了人在日本可是相當嚴重的大事，才不是這種怎麼聽怎麼唐突的異色插曲……但要這麼說的話，我被小學生綁架這件事大概也是日本史上頭一遭吧？還是沒辦法一概而論。

不管怎麼說，「已經死了」的聯想真的太過頭了。應該還是我一開始猜想的「她的父母出門後就再也沒回來了」的意思才對。

因為發生了某些事，她的父親和母親不得不離開這個家……從那之後，U就開始一個人生活了……這是我所做的推測。

推測再怎樣也只是推測，從她給的那一、兩句不得要領的回答，實在沒辦法知道更多了……還是等明天U去上學之後，我再離開置物間好好搜查一下這個家吧，找找看有沒有線索能知道她的父母從事什麼工作之類的，我在心裡偷偷做出決定。要是有這種空閒不如早點脫身離開這裡的想法完全沒有出現在我的腦袋中。

順帶一提，還有另一件我想都沒有想過的事。

那就是——明天是星期六，小學不用上課。

29

我還在唸小學的時候，平常的星期六也是得上課的。現在的私立小學還是有些星期六必須去上課的學校吧……那已經是將近二十年前的事了，我也沒辦法完全確定，但在我唸國中時，每個月的第二和第四個星期六就不再上課了。現在想想，或許那就是寬鬆教育最初的雛型。至於完全變成週休二日則是距離現在剛好十年前左右的事……說是週休二日，重點就是一個禮拜裡有兩個星期天的意思，這麼一想，又覺得好像休息過了頭，一週的時間也跟著被壓縮變短了……

最近我採訪了一名從事教職的現役教育關係人士，在他口中，寬鬆教育並非那麼極端的手段。像是教導學生圓周率大約等於3啦、或關於那方面的狀況幾乎都快成為都市傳說了之類的……總之社會的變遷也能讓不屬於那一派的團體感受到其中的有趣之處，至於流言蜚語和誤解都是隨後附加的東西。

這些事怎樣都無所謂。

我想說的是因為是星期六，所以U不用去上學，注意到這一點時我不禁感到愕然，但還不至於因此亂了手腳。我有很多時間，星期六和星期日就安穩地度過，等到星期一再……不對，我到底想在U家待到什麼時候啊？屁股黏著不肯離開也該適可而止吧。一開始只是遭綁架的被害者，現在倒成了不倫不類的食客了。但我本人在當時一點也不覺得這麼做哪裡有問題，完全習慣了所處的狀況……不對，與其說習慣，「適應」這個字眼應該比較貼切。

不管怎麼樣，十年前的我就是這麼想的，那已經是十年前的事了，事到如今也沒辦法改變什麼。因為當時的我就是這麼想的。所以在意識到星期六的當下，我便開始計畫要怎麼度過星期六跟星期天。

說什麼度過星期六、日的方式，只要U在家，被監禁在置物間裡的我就什麼也辦不到……不僅如此，我還得為食物的事擔心。

不去上學的話，U當然就不可能帶回營養午餐……如此一來，我們都得絕食兩天了。這對我來說可不好過，對U而言當然也是。不知道上個週末U是怎麼度過的……也不知道那個時候她的父母還『在不在』，無論如何，這個星期六日、還有下星期的飲食生活都得進行改善才行。U跟我都是。

星期六，監禁生活第四日的拂曉前夕。

我攤開被關進置物間的第一天就脫下摺好擺在一旁的襪子，從裡面抽出一張極盡所能摺得小小的一萬元紙鈔。

這個時代是怎麼樣的？已經改版成新一萬元了嗎，還是仍在使用舊鈔？以兩千元的紙鈔當作基準來推敲應該可以吧……不過這也不是什麼要緊的事啦。

看到我在被綁架後還如此泰然自若的模樣，連我都覺得自己的信用程度已經大打折扣，但不管怎麼樣，我就是個小心翼翼……應該說凡事都愛操心的男人，就連平常去學校上課時，都會搞得像是去國外旅行一樣，細心地將現金分散攜帶。之所以會把萬元鈔票塞在襪子裡，就是為了在錢包或包包被搞丟、被遺忘、被偷走時所設下的最後一道防線。

說是這麼說啦，雖然做了這種事，但我心裡其實是百分之百篤定不會使用到藏在那種地方的現金，想不到這一刻居然真的出現了使用這筆錢的契機……人生還真不曉得會發生什麼事啊。

總而言之，使用這張一萬元紙鈔的機會終於來臨了。

在被U用小刀抵著兩手空空來到這裡的情況下，這張紙鈔就是除了手機和公寓鑰匙之外，我身上唯一的財產，而此時此刻，這張一萬元紙鈔就要發揮它的功效了。

雖說這張一萬元紙鈔派上用場的時機到了，但我又不可能自己跑出去購物。只要U待在家裡，身為被綁架者的我就無法離開置物間。

既然如此，那當然就……

「早安。」

就算是放鬆心情的星期六假日，依然在早晨七點左右起床的U來到置物間前，除了回應她的招呼外，「有件事想請妳幫個忙——」我也趁著這個機會向U提出請求。

「……………」

U沉默了好一會兒，可我並沒有在那樣的靜默中敗下陣來，而是一而再地重申我的訴求（一扯上人命，而且有一半還是自己的性命時，就算是內向怕生的我也會坦然果斷地提出要求），最後U放棄似的喃喃了一句話：

「……………」

她終於肯替我打開門。當然從頭到尾還是把刀尖對著我。

我攤開手裡皺巴巴的萬元紙鈔遞給U。

都走到這一步了，根本不需要再搞什麼內心戰。爾虞我詐或設圈套也沒什麼意義。把交涉的技巧套用在小學生身上到底有什麼好處？要是不確實地說出想說的話，自己的心情是絕對無法傳達出去的。

不過在面對這個孩子時，太坦率直接的說法也是個問題……前幾天我不過是肚子餓了，問她有沒有東西可以吃，她居然就把自己的糧食全部帶回來給我，這孩子就是會做出如此極端的舉動。

凡事皆有平衡點，但此時此刻，我只能直接向她提出請求。

我對U要求：「拿這張一萬元紙鈔，到便利商店買下我現在所說的幾種食物吧。」

要小孩子去幫忙跑腿，說起來還真是丟臉的念頭，但應該也是最好的主意了……所以說，最好的選擇不是趕快離開這個家嗎，到底要講幾次你才懂啊。

小學四年級。我沒辦法清楚地記起自己那時候的樣子（跟記憶力沒什麼關係，一來到三十大關真的想不起任何關於十幾歲時的事情），二十歲的時候還能多多少少記得自己唸小學四年級時的情形，我記得那個時候的自己已經會一個人出門買東西了……所以讓U獨自一人買食物，我認為是相當合乎情理的策略。

在我唸小學四年級時，便利商店並不如現在這般隨處可見……這只是單純增加了生活機能的便利性。畢竟要一大清早出門買東西……一般超市都要等到十點左右才會開門。真是便利的時代啊，當時我就這麼想。現在更是這麼認定。

雖然不曉得U家的確切位置，但應該離便利商店不遠吧。至少在發生那起事故的十字路口……在U上學的途中就有一間LAWSON和7-11。就算不走那麼遠，這附近肯定也會有……

但，這份計畫卻出現了出乎我意料的狀況。

U並不曉得一萬元紙鈔的存在。

她知道的只有一元硬幣、五元硬幣、十元硬幣、五十元硬幣、一百元硬幣、五百元硬幣，至多就是一千元紙鈔了。她不知道還有五千元紙鈔和一萬元紙鈔……唔，這種事也不是不可能發生啦，我只能拚命向U解釋這張紙鈔就是千元紙鈔的十倍、百元硬幣的百倍價值。

如果不明白其價值，面額再大的紙幣也不過是張紙片。每次出國旅行，我總覺得其他國家的貨幣好像很便宜，並不是因為日本的造幣技術優於他國，只是單純搞不懂價值，才會以為他國的物價似乎很便宜。這也沒什麼，就跟不明白狂熱蒐藏家眼中的蒐藏品價值是一樣的道理。

對此刻的U來說，這張一萬元紙鈔或許就跟大富翁遊戲使用的代幣差不多吧……我私藏的珍貴財產，此刻我所擁有的最後財產要是落得跟那間散亂的起居室一樣下場，被她毫不在意地丟到一旁的話可就糟了。

經過我孜孜不倦（拚命）的說明，U好像終於明白這張一萬元紙鈔就是錢。要向他人傳達事物的價值有多麼困難，由此便能窺出一二……但若能成功達成這項使命，接下來只要請U出門幫忙跑腿買東西就可以了。

從營養學與健康方面來看，該讓U買回來的不是現成的配菜或不需花太多功夫料理的加工食物，而是像蔬菜跟肉這一類必須自己動手調理的食材比較適合……雖然被搞得亂七八糟，U家還是有一間非常棒的廚房，還有一臺好像不管多少食材都裝得下的冰箱。

但，就算出了買菜錢，頂著被監禁的身分要使用廚房料理飯菜的話，也未免太超過了……應該說，根本就是遠遠超出了被允許的範圍。世界上並沒有為這種事奠定準則，該問的只有自己的心，而我捫心自問得到的結果就是——實在不該讓U去購買那些需要花時間和精力調理的食材。

我不認為U會煮飯……不對，說得好像我有多厲害似的，其實我對料理食物也不怎麼拿手。我的廚藝也就只是一般獨居大學生的平均水準，就算讓她買食材回來，大概也只煮得出咖哩或小火鍋這種簡單的食物……所以最後我還是讓U主要買些泡麵和冷凍食品。

最重要的就是利於保存為前提的一些食材。

「…………」

U一開始似乎是打算記住我一一條列出要買的食物清單，但話才說到一半，她就意識到這麼多東西不可能光靠腦袋就記得住。

「請你先等一下。」

留下這句話後，她咚咚咚地跑上二樓。

這時候的U忘了要關上置物間的門……不是說她忘了上鎖，而是完全任由置物間的拉門洞開，就這樣回到二樓去了。

連小刀都沒有帶走。

再粗心也該有個限度……不過以我的立場來責備她，好像也有哪裡怪怪的。怎麼辦，這算什麼情形啊？沒想到該好好利用U這一刻粗心的失敗，是我這個遭到綁架的人思慮太淺薄了，還是太故意了……？就在我煩惱不已時，也就是煩惱在這種狀況下就算不真的逃出去，是不是也該表現出試圖逃跑的樣子比較好的時候，不久前才咚咚咚爬上二樓的U又伴隨著比剛才更激烈急躁的腳步聲跑了回來。

在樓梯間用那種速度走動很危險喔——我差點脫口而出這句話，全是因為她的速度快到讓我不由得擔心她會不會不小心從樓梯間滾下來……看來U應該是回到自己位於二樓的房間後，忽然想起忘了鎖上置物間的門了。小刀則是在趕回置物間時才終於想起來，她驚訝地趕緊撿起武器。

然後責備似地狠狠瞪著我。妳就算瞪我，我也……沒辦法了，我只好裝出一臉茫然，假裝什麼都沒有注意到。

發現別人的失敗卻裝作什麼都不知道，這是能在社會上站穩腳步的一大要點，也是在社會上打滾十年後，我所學會最重要的一件事，不過這麼一回想，其實根本用不著在社會上學習，當時的我就已經親身實踐了嘛。

話說回來，U一時不察跑回二樓究竟是想做什麼，答案就是她折返回來時，手裡拿著的筆記本。

那是一本封面上寫著『記事本』的簿子。『記事』兩個字寫的是漢字還是平假名，我已經記不清楚了……總之就是大家孩提時代都曾使用過的那種記事本。

還有一枝鉛筆。

因為沒辦法記住那麼多，她才想把該買的東西筆記下來……這麼做是正確的，但只要想到U不過是小學四年級的學生，這種細節原本應該要由我注意到才對。一萬元份的食材要靠腦子記住，對小孩子來說實在是太過分的要求。

說老實話，拜託小學生出門跑腿，我確實也非常不放心，但如果是記在紙上就又另當別論了。再怎麼樣，只要把紙條拿給便利商店的店員看，說不定店員就會幫忙把所有需要的東西都備齊了……期待店員親切到這種地步或許有些不切實際，但不管怎麼樣，小孩子只是被派去跑腿而已，幫幫這點小忙應該不為過吧……

只要寫在紙上，就算多買一點不同種類的食物應該也沒問題，最後我稍微修改了想買的清單，再把最終決定轉達給U知道。

現在回想起來，我的確是該好好反省。

光靠記憶力記不住也就算了，可一旦增加了種類和數量也是得靠成年男性的體力和腕力才帶得回來，我卻沒有考量過U的體力和腕力，還有她提不提得動那些重物。以結論而言，一個小學四年級的女生還不至於沒辦法把過重的食材搬回來，但就算真的提不回來也沒什麼好奇怪的，並非不可能出現那種狀況，只是從便利商店提回家來確實很不容易。

本來以為會是個好主意，看來是我太自以為是了。我確實也有顧慮到少女本身的狀況，像是讓她來回跑好幾趟會覺得很不好意思之類的，只可惜我表達心意的方式打一開始就錯了。

「嗯，知道了，那我出門去了。」

把要買的食物清單寫在筆記本上後（順帶一提，U的字實在不能稱為漂亮，老實說寫得還挺醜的），U立刻站起身來。

因為一手拿著筆記本、另一手握鉛筆寫字的關係，這段期間小刀一直擺在她的身旁……U變得愈來愈隨便了，或許該說，U對於監禁我這件事，漸漸顯露出粗心大意的一面了。像她剛才忘了鎖門也是，就算那只是單純的失誤……

這也是沒辦法的事吧。監禁生活至今已經是第四天了……我當然很辛苦，想必U也不好過。要照顧一隻生物可不是這麼簡單的事。我連仙人掌都曾經養死過，由我來說這種話肯定不會有錯……光是養小貓小狗之類的寵物都已經夠困難了，更何況是把一個『人』養在家裡，這根本不是一個小學生辦得到的事。

會把自己一天當中唯一的一餐——學校的營養午餐全部打包回來帶給我，或許是她的責任感所致，但那份責任感到了第四天也差不多該達到極限了……我是這麼認為的。

既然如此，說不定我早點逃跑，對U而言才是真正的體貼，活到三十歲的現在，我有了這樣的想法，可當時的我只單純認為U不管再怎麼粗心大意，都因為她只是個小孩子的關係，我就是抱著這樣的想法注視著她。

不管怎麼樣，我都沒辦法拔除深植體內的『被害者』意識。我是遭到綁架的被害者，U則是這場綁架犯案的加害者。被害者很辛苦，但加害者不若如此，也許當時我就是抱著這樣的觀念……無論我究竟是不是被害者，在面對一個小學生時，我都該更確實認知到自己是個大人的事實才對。

只可惜當時的我完全沒有這種認知，只對她說了句「出門小心」，便目送U的背影走出家門。

30

因為不曉得最近的一間便利商店在哪兒，我無法估量U出門購物會花多少時間。

當然也就沒辦法利用這段空檔好好調查這個家、還有U的父母……雖然可以直接向U本人問一些更深入的問題，但這又扯上現實層面上的考量，實在很兩難。我並不認為她會回答我，或許是因為我會乖乖聽話而讓彼此間得以建立出信賴關係，我不想讓這樣的關係出現難以修補的皸裂。信賴關係……類似斯德哥爾摩症候群的信賴關係。

話雖如此，我還是利用這段空檔借用了下廁所。這次U在出發到便利商店之前並沒有忘了將置物間的門上鎖，不過我還是跟昨天一樣把門搬開了……我也很擔心能不能在時間內將門再裝回去，畢竟一回生、二回熟，將門板裝回滑軌上並不如第一次那樣耗費時間……可是對這種事熟能生巧是能對將來有什麼幫助嗎?我對此深感懷疑。

到頭來,U整整花了一個多小時才回到家。

當時我還覺得花太多時間了,甚至懷疑她是不是順道繞去哪裡玩了,真是錯得離譜的推測,就如同我先前所說的,U是不時停下來稍作休息,好不容易才把過重的購物袋給搬回來的,這就是事情的真相。

我要求過去的自己徹底反省一番。

不對,若是可以要求自己反省,該反省的可不只這些……還好U並沒有遇到什麼不測,平安地歸來了。

我還暗自擔心她該不會發生車禍還是什麼的,看來應該是我太杞人憂天了。除此之外,又怕她會被壞人給綁架……這種擔憂裡的諷刺香料似乎太強烈了些。

「我回來了。」

聽到U的聲音,我便回應「歡迎回來」。然後等待她打開置物間的門,再慰勞她一句「辛苦妳了。」

該怎麼說呢,因為我被關在置物間裡的關係,這幅怎麼看都像把自己鎖在房裡的尼特族兒子要求母親出門幫自己買東西的構圖……讓人愈想愈忍不住陷入搞錯狀況的自我厭惡中,真的是搞錯狀況。連我都想問問自己到底怎麼了。

從她提回來的塑膠袋裡拿出食物,一件件擺在置物間的地板上。今天塑膠袋裡裝的當然不再是原封不動的營養午餐……而是冷凍食品、麵包、飲料和人工食品,再加上一些小餅乾之類的,我一一將它們分門別類。

如此一來，接下來這一個星期的食物就有著落了——這麼說是有點誇張，但有了這一萬元份的食糧，站在被監禁的立場，我也感到安心許多。

我想起了武田信玄和上杉謙信那段有名的插曲。他們兩人雖然是敵對的關係，但當武田信玄的兵糧被斷時，上杉謙信卻沒有一絲遲疑地送鹽過去給他。這便是『為敵人送鹽』這句話的由來。武田信玄為此相當感謝，還親自向上杉謙信道謝。聽說他表達感謝的鄭重程度甚至讓上杉謙信嚇了一跳。「不不不，我只是送了鹽過去而已，居然讓你感謝成這樣，你們到底是餓多久了？信玄哪，你應該是餓過頭了吧？」「不，上杉是你才對呀。」（註8）

一不小心就講起了這些小故事，總之我真正想說的是如果缺乏軍糧就會感到不安，有了軍糧心裡才能踏實許多，所以才會提起戰國時代的英雄們發生的小插曲做為借鏡。

我將必須放進冰箱裡的食物、得擺在冷凍庫裡的食物、可以放在室溫中保存的食物，還有今天要拿來吃的食物全都分類過後，便請U將它們依序整理好。

看著那個空蕩蕩的冰箱，我實在不曉得U有沒有『把該冰的東西冰進冰箱裡』的概念，她到底知不知道冰箱就是保存食物的地方也很值得探討，總之在我煩惱了老半天後，U倒也明白了我的意思。

仔細想想，我原本該把一些食糧擺在這間困鎖著我的置物間裡才對，可我卻下意識地認定U一定會分一份給我，所以我想都沒想過要留下自己的糧食。因為我隨時都能逃出這個監禁著我的地方，危機感也就漸漸變得薄弱了……

8　日文中的餓過頭了與上杉的發音相同，此為諧音的笑話。

回到原本的話題，把該放進冰箱裡的食材放冰箱，該擺在廚房的擺廚房，這些事都由U一手包辦，所以我並沒有付出什麼勞力（重申一次，請不要說什麼「你是不會自己動手嗎」這樣的話。在U的面前，我是沒辦法走出置物間的。），麻煩在於……不，用麻煩來形容好像不太對，我們之間的對話就中止在我對U說出「這是今天要吃的食物，等一下一起吃吧」這句話時。

這時候U露出的驚訝表情是我從未見過的。

這個讓人搞不清楚究竟是活著還是死了的謎樣少女，在這一刻確確實實是『活著』的。

我有說出那麼值得驚訝的話嗎？畢竟昨天我們對分了營養午餐，我很自然地認為今天也會一起吃飯……綁匪和被綁架者一起吃飯的確是有哪裡怪怪的……我忽然感到不安，甚至怯懦地想說不定她又要朝我扔小刀了，不過狀況似乎並非如我所想。

問過她之後，我才知道U會那麼驚訝是因為那些食物是花我的錢買來的，她沒想到自己也能一起享用。食物的確是花我的錢買來的沒錯，但這種時候還一個人獨占糧食的傢伙根本不能算是個人了吧。

的確是花我的錢買來的食物，不過兩個人一起吃也沒什麼問題啊——我花了不少時間才終於說服U跟我一起吃飯。可能她對金錢往來這種事看得相當嚴格，U遲遲無法認同我的說法，最後我終於以「因為給妳添了不少麻煩，這算是我的道謝方式」這句話讓她點頭應允了。我明明是被綁架遭到監禁的身分，卻還得動腦想理由來讓她吃飯。

真是有夠莫名其妙的笑話。

如果U始終維持中立的立場，可能仍會頑強地拒絕我的請求，但U對於飢餓的容忍度也已經到極限了吧。

「我開動了。」

說完這句話後，U平常那副沉穩、也可說是有氣無力的模樣全不復見，反而顯露出肉食野獸般的驚人食欲，直接就用兩手抓起眼前的食物往嘴裡塞。

她的餐桌禮儀實在不太好。

表現出來的是這麼一回事，但一如字面的意思，U就是個缺乏正常飲食的兒童，這種時候還向她要求餐桌禮儀反而才是搞不清楚狀況吧。況且就算不如U餓得那麼厲害，已經空腹許久的我大概也沒辦法在這種時候還遵守什麼餐桌禮儀。

直到這一刻，我第一次對U的父母感到憤怒。憤怒？嗯，那種情感應該是憤怒吧。若要我選擇更適當的詞彙，大概就是憤慨，我也知道不該端出一副正義凜然的嘴臉去批判別人的父母，但就我自己的認知，「憤怒」的情感表現應該最接近我此時的心情。

居然讓如此年幼的少女飢餓到這種地步，那對『不在了』的父母現在究竟在哪裡，又在做什麼呢……？

被監禁的我一直把他們當成會來拯救自己的救世主，這種想法已經被摧毀得差不多了。說到底，小孩子的行為舉止會如此偏差詭異，基本上也是父母親的責任吧……

無論如何，我仍認為自己是個遭到綁架的被害者，再怎麼樣都應該先關心自己而不是為別人擔憂，這件事本身就還滿……不，應該是相當重要才對，意識到這一點確實是在這個星期六。不對不對，綁架這件事本身也很嚴重，但更令我在意的是U的雙親。

我一直在揣測U說的那句『不在了』的意思，或許我是被言詞蒙蔽了，沒錯，若是將『不在了』替換成大人的說法，該不會是指『失蹤』吧?不是旅行或出差這種一般生活的延長劇情……而是『她的父母失蹤了』。

太沉重了。

這不是區區一個立志成為作家的大學生有辦法解決的問題……在這種情形下，立志成為作家的身分反而只是種累贅。

「我吃飽了。」

吃完飯後，U對我這麼說。

「真的很好吃。」

為什麼呢，這麼普通的一句話為什麼卻刺痛了我的心。我只是做了理所當然該做的事，所以她的道謝才讓人感到如此心酸吧——我是這麼認為的。

31

我告訴U，一天要吃三餐才正常，不過U好像原本就知道這件事了。只是因為就算肚子餓也沒東西吃，才只能依靠學校的營養午餐來勉強度日。

在聊到這個話題後，我終於知道U是從什麼時候開始在這個家過著一個人獨居的生活。

在她的朋友因車禍意外被撞得四分五裂的那一天再推前一天……換句話說，今天已經是她一個人獨居的第十二天了。小學四年級的少女，獨自過了十二天。不對，其中的四天我被她監禁在這個家裡，嚴格說來她並不是一個人獨居……

這也就表示，上個週末假日她果然也是絕食度過嗎？一思及此，我不禁感到害怕，但事實並非如我所想，那個時候U家的冰箱好像還沒有變得空蕩蕩的。在一開始的幾天，U就是靠冰箱裡的食物勉強過日子。

聽她這麼說，雖然讓我鬆了一口氣，但想想一開始的那幾天，U應該是在沒有調理的狀態下直接把蔬菜和生肉之類的食材吃進肚子裡，真虧了她沒有把肚子吃壞。我不由得為她擔心。

「我平時就常這樣吃了。」

U卻給了這樣的回答。像個食欲旺盛的粗漢一樣。

總而言之，我和U都已經很久沒有這種飽足感了。一旦滿足了食欲就讓人昏昏欲睡，於是U對我說：

「我要去午睡了，晚安。」

然後回到二樓。當然也沒忘了鎖上置物間的門。「晚安。」我回應，跟著沉入睡眠中。

說是睡覺，但這個置物間實在不是適合用來睡覺的房間……不對，這裡本來就不是用來生活的房間，不管做什麼當然都不會感到舒適，只是在睡覺這一點上特別讓人不舒服就是了。畢竟這裡也沒有床墊，我只能躺在自己脫下的衣服上睡覺，完全無法進入真正的熟睡狀態。

一旦睡著，身體反而會感到酸疼不已，日復一日，我的關節已經變得愈來愈僵硬疼痛。不過現在的狀態也不容許我多抱怨什麼，不能對這種事太過拘泥了……況且我是被綁架的人，總不能要求U借我床跟被子好圖個安眠吧，再怎麼說這都太亂來了。

所以我決定等到星期一，趁U去上學時再離開置物間到哪個房間的壁櫥借一條被子……這樣當然也很亂來，但以緊急避難來說應該可以歸類在被允許的範疇內吧。預定星期一要做的事真是愈來愈多了。

說些題外話，我最近完全沒搭過夜間巴士或深夜電車。二十歲左右的這個時候還經常使用呢，或許正因如此，我才能在這種艱困的環境裡待上那麼多天，可年紀大了之後真的是沒辦法了。又或者是在工作賺錢養自己後，因為能自在地花錢，所以我老是乘坐飛機的關係……

不管怎麼樣，既然餵飽了肚子，接下來就是好好睡上一覺，人類的欲望真是無窮無境——這句話說不定就是為了因應這種狀況而存在的……我先自曝一件事，在這段被監禁的期間，我一次都沒有蓋上棉被或躺在床上好好睡上一覺。在掏出私藏的一萬元和少女U的幫忙下，食物的問題是得到解決了，只能說這方面進行得太過順利。

順利進行什麼的，實際上根本不會發生這種事。

在被監禁的最後一天，我甚至連躺下來好好睡一覺都不被允許……

32

之後也沒發生什麼問題，星期六這天就這麼結束了。被綁架本身就是一大問題，說沒出現什麼問題就這麼結束好像有哪裡怪怪的，但白天跟晚上U都有準備我的飯菜，至少是沒發生會賠上性命的大問題啦。

第一天被劃傷的傷口已經癒合得差不多了……U似乎沒上什麼才藝班，除了被我拜託出門跑腿那次之外，假日時她都沒有再離開過這棟房子。她一直待在家裡，不是看電視就是打電動。

電動啊……反正她一定會確實地存檔吧，聽著從客廳傳來的聲音，我不由得這麼想。回憶起來，一切事情的開端不就是電動嗎……這麼一提，我在當孩子時又是怎麼度過星期六跟星期天的呢？那個時候星期六還得去學校上半天課，下午則有不同的玩法，但我早就忘得一乾二淨了。

我連自己唸大學時是怎麼度過星期六、日都記不得了……記憶竟然會這麼輕易地被移除，真是教人不敢置信，我不禁為此感到愕然。原本對於記憶力的自信也隨著我在書寫這一段的同時產生動搖。我想那時大概是拚命寫出一些類似小說的文章，但又不像現在這樣，也不可能就只是一味地埋首爬格子吧。再怎麼說我也是個人類，應該還是會出門玩才對……

我做了哪些事當作玩樂消遣呢？

U難道不會跟朋友一起玩嗎？

會不會是沒有朋友？依她特殊的性格來考量，沒有朋友也不是什麼不可思議的事……不，不對，不是這樣的。在我第一次遇見U的那天，她不就跟朋友一起去上學嗎？她們各自操縱著手裡的掌上型遊戲機，那樣的關係很難說是交情至深，但至少她還是有可以一起上學的朋友。

換言之，只是單純因為我在這個家裡，U才沒辦法去外面玩，更不可能把朋友叫到家裡來……就跟養了一隻得耗費心神照顧的寵物一樣。

對小學生來說，要照顧一個人類果然還是太吃力了吧。不管怎麼樣，她可能就快受不了了。

而這個時候的我也還沒有注意到，十年前的我依然是我，我也是有極限的。在滿足了食欲之後，反而讓檯面下的暗影漸漸浮現出形體。

就算不是這樣，我也不可能一直被拘禁在這個地方……儘管不像少女U那麼貫徹規範，但只要我還是個大學生，就有一份使命感驅使我得好好去上學。我也有我堅持的生活步驟。

不能永遠這樣下去。不可以一直耽溺在斯德哥爾摩症候群的舒適感之中。

不管是U或我都差不多該注意到這個事實了……U就算把我監禁在這個地方，也無法解決任何問題；我不逃離對U而言也絕不是一種救贖，我們都差不多該正視這一點了。

所以，要讓這場綁架戲碼、這場監禁鬧劇畫上句點，就必須有個明確的契機。如此一來，我和U都能懷著『這也是沒辦法的事，已經結束了，還是放棄吧』的想法來饒恕自己，也放過對方，我們都在等待這樣的時機到來……我是這麼認為的。雖然不曉得U心裡究竟怎麼想……但如果這時候的她真的被逼到那種地步，我身為長者難道不是該率先一步察覺她進退兩難的處境嗎？

可事實上，這時候的我只想著U居然還有打電動的閒情逸致，還真是悠哉啊，除此之外我沒有其他想法。說實在話，真正悠哉的人或許是我才對。

反正不管U到底有沒有那種想法，『契機』——所謂的時機倒是很乾脆地直接登門拜訪了。就跟吃飯、上廁所、還有睡眠的問題一樣，監禁生活中就是會附帶這一項，那種過於實際且必然的狀況……所以說這場綁架鬧劇打一開始就岌岌可危，隨時會崩塌。

對綁匪來說，在接受了被綁架者的幫忙時，這場綁架就已經不成立了。就算不至於像劫機那樣，還是會讓人互做聯想，總之就是成功機率極低的犯罪。

只憑小學生淺薄的智慧是不可能成功的……這場犯罪打從一開始就充滿破綻。只是我跟U都選擇別過頭視而不見罷了。

再說到這個破綻的『契機』，讓我和U都能說出『這也是沒辦法的事，已經結束了，還是放棄吧』這句話的時機，就發生在隔天，星期天吃晚餐的時候。

U對我這麼說：

「好臭。」

33

小孩子最恐怖的地方，就在於他們總是能輕而易舉地說出那些難以啟齒的話……沒有任何的前置作業，光用一句「好臭」就足以把我的心給撕裂。

但，這個星期天，已經是監禁生活的第五天了。這段期間我一次都沒有進過浴室，也不曾稍微沖個澡。我甚至連衣服都沒得換。

我的汗腺可沒有強大到搞成這樣還不臭的。

我的牛仔褲和襯衫上都沾染了血的腥臭味……而我已在不知不覺中習慣了這個味道，所以並沒有多大感覺，可U卻敏感地對我身上的味道有了反應。

不對，不是什麼敏感，怎麼可能會是敏感。我的身體又不是到了星期天才突然發臭的……而是U一直忍受著逐漸濃烈刺鼻的臭味，終於到了極限再也無法忍受了。

但她說話的方式真的很傷人啊……

身為一名小說家，就算是我這種按表操課全心投入工作的人，還是少不了跌進『修羅場（註9）』的經驗。一旦陷入修羅場，就只能過著連洗澡的時間都嫌浪費的生活……這跟吃飯或睡眠不同，畢竟幾天不洗澡也不會死人……可就算如此，連續五天不曾淋浴的經歷對我來說還是第一次，也是直到現在的最後一次。想當然我身上的味道肯定濃烈到很不好聞，要因此責備U的嘴很壞似乎也有些過分，反而該感謝她一直忍耐到這一刻才說出來才對。

這算什麼啊，說感謝什麼的，把我逼進無法洗澡窘境裡的不是別人，就是U搞的鬼不是嗎……

「我還有習題得做，可以請你先去洗澡嗎？」

說完「我吃飽了」這句招呼後，U再也忍受不了般地對我這麼要求道。U的「我吃飽了」相當合乎禮儀，但她用餐完畢後完全沒有收拾的意思，光是這個週末假日，我的聖

9　原義為正在進行腥風血雨激烈戰爭的場所。延伸為忙著與工作或學業奮戰的地獄狀態。

域——也就是囚禁著我的置物間也變得愈來愈凌亂骯髒。在U離開後，我當然還是會把垃圾放進垃圾袋裡裝好，但因為沒辦法把垃圾丟到垃圾桶裡，現在我真的挺為周圍這些垃圾煩惱的。

雖然可以請U把這些垃圾拿到客廳的垃圾桶丟掉，但我害怕說出這種話會傷害到U的自尊心……誰知道接下來又會發生什麼事。

好不容易我們之間的關係終於進展到她願意讓我去洗澡了……U手裡的那把小刀現在也只是象徵性拿著罷了……我可不願意讓好不容易構築出的良好關係又退回原位。但也可以說是我身上散發出的臭味已經嚴重到她不得不直接請我去洗澡了……

「這邊。」

說完，她拉了拉我的衣袖。不是用小刀抵著我，而是直接拉我的衣袖往前走，我總算能合法的（合法？真是奇怪的說辭）離開這間置物間到外頭去了。

比我設想的還要乾脆容易得多……也不對，這可是五天裡不斷累積出的成果。將我監禁了五天之久，U的精神已經感到疲累，而我在U的面前完全沒有表現出試圖逃跑的順從態度，恐怕就是她願意讓我離開置物間的最大原因吧。

在並不算長的民宅走廊上走了幾步，出現在面前的是與浴室相連的盥洗室。盥洗室的一隅設置了一只白色棚架，架上擺了好幾條浴巾……但差不多數量的浴巾和更多髒衣服把洗衣籃塞成了一座小山。

這麼一來，我總算能理解了。

讀小學四年級的U就算能自己張羅洗澡，卻不會使用洗衣機。所以用過的毛巾和衣服只能擺在那裡無人聞問。

她家看起來挺富裕的，衣服和毛巾這類東西應該不匱乏……但再繼續過著這種使用完就丟著不管的生活，總有一天她也會沒有衣服可穿。

這是我的監禁生活即將顯露破綻的星期天。可就這個角度來看，U的獨立生活打從一開始就是不成立的。

在離開之前，至少該教會她怎麼使用洗衣機，想是這麼想，又覺得自己好像太雞婆了。讓一個讀小學四年級的小女生學會這些生活技能是想怎麼樣，又不是十多年前的女孩子都得接受新娘修行，現在早就不是那種時代了。我甚至不同意讓這麼小的孩子獨自張羅洗澡用的熱水。

於是這個時候，我向U提問了。選在這種時機發問好像有哪裡怪怪的，但對於生活能力……或者該說是生存能力這點，我無論如何都想向她問清楚。就算不是小學生，就算不是U這麼難以溝通的對象，這也不是個好回答的問題，但我還是不得不問……如果能把『無法理解』這個結給解開，說不定我就能更了解U一點了。

為什麼在監禁我的第二天——那一天，妳不是帶回吃剩一半的營養午餐，而是全部都給了我呢……在這個時機點，我問出了這個問題。

「我怕又會死掉了。」

U馬上做出回答。面對我的問題，她的回答聽起來沒有一絲迷惘。

又？

針對這個理解不來的用詞，我更深入地追問。

「以前養過的貓，死了。」

U給了我這樣的答案。

「我不想再讓誰死了。身為飼主，我得負起責任才行。」

留下這句話後，U走出盥洗室。『慢慢洗。』臨走還不忘對我招呼一句……我當然很訝異U曾經發生過那種事，更令我吃驚的是U所說的理由。

從那短短的一句話裡想推敲出事情的全貌是很困難的一大工程，我發揮立志成為作家的最大想像力試著推測，U以前大概……她也只有小學四年級而已，那應該不是很久遠以前的事才對……她曾讓飼養的貓死掉了，我猜大概是忘了餵食之類的原因……監禁生活的第二天，我就搬出『忘了餵食』這件事來指責U的不周之處。

她的行為會如此極端，原來是存在著那樣的原因……有過那樣的過去，或許真能把一個人改變至此，但她未免太極端了……也不能說她是抱著反省的態度在過生活。不知道她的學校作業還剩多少，居然就真的把我一個人留在浴室裡了，如果是寵物，肯定會趁這個機會逃走。總而言之，不管是飼養寵物、還是監禁人類，U都還太不成熟了。

就算是怪物也會顯露出本性。

腦子有問題的小孩也會顯露本性。

我開始覺得U理所當然地就只是個唸小學四年級的少女了……但就在短短幾分鐘後，我才知道自己錯得有多離譜。

我褪去身上的衣物。

34

現在回想起來，我對於使用別人家的浴室這種行為，存在著筆墨難以形容的抗拒感。廁所也是，但廁所畢竟伴隨有關生理現象的危機，借用浴室只是單純想讓自己變得舒服點，我心裡也因此萌生了某種奇怪的罪惡感。

一家之主……不能這麼說，現在唯一住在這個家裡的人請我洗澡……其實是有點半強迫啦，我應該沒必要為此感到畏縮才對……也許跟那種人情道義無關，只是對於在別人家脫光光這種事感到抗拒吧。

就算無關生理現象，我還是有想把自己好好清洗乾淨的生理欲求，反正我身上的臭味已經濃烈到不能假裝有洗澡來蒙混過去了，儘管有所抵抗和迷惘，還是不得不洗這個澡，況且我真的很想好好把自己打理乾淨。

別人家的浴室對我來說相當新奇，懷著些許小鹿亂撞的心情……光是踏進別人家都很抵抗的我，更遑論是使用別人家浴室的經驗，根本數都不用數……總之，我先打開了水龍頭的熱水。就連她家的蓮蓬頭外型都讓我覺得很特別。

大概是在吃晚餐之前就已經準備好了，浴缸裡注滿熱水，但我的身體髒得要命，總不能突然就跳進去泡澡吧。

先得把身體和頭髮洗乾淨才行。

洗髮精、潤絲精、護髮霜再加上肥皂，擅自借用這些盥洗用品真的好嗎？還是該在使用前先徵求U的許可？我煩惱了一下子，轉個彎想想U怎麼可能都讓我進來洗澡了卻禁止我使用這些盥洗用品，又不是什麼壞心眼的惡作劇。

蓮蓬頭噴灑出溫度適中的熱水迎頭澆下……我從來不知道洗熱水澡是這麼舒服的一件事……接著一邊洗頭和身體……當然了，如果不來回洗上幾次，實在很難搓出泡泡……終於就是明天了，我心想。終於就是明天了。

明天，星期一。說完『我要開動了』吃過早餐後，U會接著說『我要出門了』然後離開家，到學校去上課。

在那之後，我會走出置物間仔細調查這個家，查查U的父母為什麼『不在了』，就算只是知道他們從事什麼職業也好，而不管結果如何，就算到頭來什麼都沒查清楚，我還是會離開這個家。我必須離開這裡才行。

話雖如此，但我要做的並不是打電話通報警察、或是趁著U不在家的期間悄悄溜走……我再也不會這麼做了。我會等到U從學校回來，用『歡迎回來』回應她的『我回來了』，然後和她好好把話說清楚，等把該說的都說完後，我才會離開這個家。

她並不是無法溝通，我只要傳達自己的想法就好了。妳現在做的這些行為都是非常要不得的犯罪，是壞事，是無法被饒恕的行為。

我絕不會向別人洩漏那一天在妳身上見到的像是人格的東西，所以讓我回家吧——我會盡可能用不會傷害她幼小心靈的方式，將這些話告訴她。

就將這次的入浴當成一個契機，抱著爽快明朗的心情，把該說的話傳達給她吧。

可說起來，我能這樣舒適暢快地清洗身體，就沒辦法再堅持是U綁架了我，搞不好還比較像第一天設想的那般，反而是我得揹上侵入民宅的惡名……

要是能私下解決就再好不過了。

不過我已經排除與U的父母進行溝通的想法。

我不認為他們還會再回到這個家來……就算他們真的回來了，也沒必要把他們當一回事。那種會把唸小學四年級的女兒丟在家裡整整一個星期不聞不問的父母，我不覺得跟他們還有什麼話好說。

在U的飲食生活受到保障這一點上，他們反而才應該感謝我呢……就在我有些洋洋得意地胡思亂想時，總算把身體搓洗到滿意的程度。起泡也相當完美。

拿起蓮蓬頭沖掉身上的泡沫後，我這才把自己泡進浴缸裡，背上與小腿的傷口在接觸到熱水時雖然有些刺痛，我還是覺得非常舒服。

呼～正當我舒服得忍不住吁出一聲喟嘆的時候。

就在這個時候。

因為我完全沉溺在清洗身體的動作上而沒分心注意，不知何時U連敲個門都沒有就走到盥洗室，接著直接踏進浴室裡。

我想起U叫我去洗澡時說的那句『可以請你先去洗澡嗎』，我當然明白『你先去』代表什麼意思，也知道她的言下之意是等寫完功課她也會來洗澡，但現在才搞清楚話裡隱含的意思都為時已晚了。

不，對小學四年級的小女生來說，一起吃飯和一起洗澡都是差不多的意思，身為一名男性，若是在這種地方表現出太激烈的反應，恐怕會讓大家降低對我的評價，不是毫無防備或什麼天真浪漫，我是真的被嚇了一大跳，這和年齡大小無關，一個沒有血緣關係的女孩子突然光溜溜地出現在眼前，實在是很嚇人啊。要是警方這時候突然闖進來，肯定會把我當成綁匪吧。什麼綁匪，根本是鳩佔鵲巢的大強盜……

「打擾了。」

要把邊打招呼邊關上浴室門的U趕出去實在很困難，因為有股超越明哲保身的感情正在我心裡滋生。用不著我解釋吧，並不是對少女產生什麼性愛欲望的感情……要是這樣的話，現在我就寫不出這種文章了。在接受法律的制裁後，肯定也沒辦法回歸社會。我會以自己為恥，再三強調不會自殺的我，到時候說不定還是會走上那條絕路。

畢竟是這樣的時代，連在都市裡都開始實行規範言行的法令，我當然不可能深入描述U細緻柔軟的光裸身體。以我個人來說，我並不認為那樣的法令規範有什麼意義……用不著等那條法令發布，文字上的規範限制從很久以前就開始實施了，在我成為作家的這十年來，第一年能使用的表現手法，到了第十年已經無法再使用……真要為了『言論自由』而戰的話，鬥爭的對象可不只政治家和官僚這麼簡單，創作者們應該都很清楚這件事吧。話說回來，搞錯言論自由意思的創作者不是挺令人心寒的嗎……

話題扯遠了，是要說U的裸體才對。我會避免詳細的敘述，但是，為了讓大家知道我沒能及時將她趕出浴室的理由、還有為了我的名譽，我仍必須仔細描寫出來才行。什麼啊，我的名譽？那種東西算什麼啊！我真是太羞愧了，只不過是小腿跟背部被劃了幾刀就嘰哩呱啦叫個不停的自己，在這一刻讓我打從心底感到羞恥。

唸小學四年級的U的身體，隱藏在衣物遮蔽下的肌膚上布滿了瘀青和割傷。

事態遠遠超出我所能判斷與理解的範圍。若她只是個腦袋有問題的少女，那還有對應之策，反正我自己本來也就算不上正常；就算她是頭怪物，那反而更容易對付，真要是那種狀況，我說不定還能成為和怪物對抗的男主角呢。

可是不行啊。只有在對上可憐的女孩子時不管用。我不曉得該怎麼應對這種生物，更不可能打倒她。對全身上下都感到自卑的我，實在很不擅長去同情或憐憫別人……更可以說，我根本是打從心底厭惡那樣的感情。

可當我面對除了臉和脖子、手腳四肢之外，全身都布滿遭受暴力虐待痕跡的十歲小女孩時，除了同情和憐憫之外，我還能做什麼呢……

更揪痛我胸口的，是U根本不覺得這有什麼不對勁的地方。

「按這個變青的地方，會痛痛的。」

U說的好像那些瘀青就跟指壓按摩的穴道一樣……如果不用這種方式去理解，我的心智可能就要被摧毀了吧。心智被摧毀？我用的這是什麼小說的表現手法啊。

當我面對的是這種令人恐慌的壓倒性現實時。

之所以U對於傷害我的身體完全沒有排斥感、會用刀尖抵著我，將我綁架到這裡來，因為她平常就是被這麼對待的，照這種邏輯思考也就想得通了。那孩子一直都受到暴力的威脅對待……偶爾還會被扔擲小刀，她平常過的就是這種生活吧。所以她才會有那樣的舉動。小孩子看著父母總是會有樣學樣。

看著父母有樣學樣……我實在沒辦法向毫無自覺的U直接確認這一點，但U身上那些新生的傷痕一定就是她父母造成的吧。光就可能性這點來說，雖然也有可能是在學校裡遭受到暴力對待，但小學四年級學生的霸凌虐行是不可能搞到這麼悽慘的。孩子之間的暴力行徑從不曾停止，正因為無法停止，會生出要打就該避開臉部等容易被注意到的部位這種狡猾的小智慧，應該是在成為國中生之後。

而布滿U身體的新傷口……說是新傷口，其實也已經痊癒到某種程度了……換句話說，她身上找不到近十天來新增的傷口痕跡。

父母『不在了』之後的這十幾天裡，U也從暴力虐行中得到解脫了吧……從這個觀點切入考量，U的身體會瘦到連肋骨都明顯可見，很難說是這幾天飲食不規律所造成的結果。我忽然想起，她曾不經意地說過平常就會吃生肉和沒有經過調理的蔬菜。

那些細碎的線索彷彿都串聯起來了，以U傷痕累累的身體為中心……

就算只存在於極其短暫的一小段時間，就算現在已經完全不那麼想了，我還是打從心底對為了逃離U的監禁而指望她雙親協助的自己感到厭惡……如果我什麼都沒發現，真的向她歸來的雙親報告這一切的話，又會演變成什麼狀況？我實在很不願意去想像那種情形，但我還是想了。

我到底該怎麼做才好？

從十年之後的世界冷靜下來想想，答案其實顯而易見……在看到U赤裸身體的那一瞬間，就該走出浴室，打開手機的電源才對。撥通電話的對象不是警察，而是兒福機構。

但那是十年後的現在才說得出口的話，當時的日本社會還沒有發展出有關兒童受虐的完善應對步驟。

不過是十年前的事，想想還真是令人無法置信，但這個時候『管教小孩』跟『虐待』之間還沒有明顯的區別，更甚者『別對別人的家務事多置喙』才是一般認定的價值觀。

虐待行為當然存在，卻沒有一個能正視虐待暴行的相關單位來處理問題……所以在發現虐待的情形時，我完全不曉得該怎麼辦才好。

於是我陷入了某種思考停止的狀態中。

一起洗澡的這段時間，我沒辦法向她觸及核心問題，光是為了不讓她察覺我看著布滿她全身上下的新舊傷疤有什麼想法就已經耗去大半心力。我知道不能太刻意去與她相處，到頭來還是無法否認自己有意識地對U做了許多討好的舉動，嘴上雖然沒說破，可也許還只是小孩的她也感受到那股不自然的異樣感了。

這是綁匪與被綁架的受害者之間的信賴關係產生明顯皸裂的瞬間……走到這一步，接下來就只剩結束了。如果這是一般的小說情節，就會接續最終章的解決篇……但並非故事的真實事件，最後只能當成事件來結尾。

36

我總是照日常規範的步調來書寫小說，但依每天的心情和狀況不同，當然不可能維持一定的產量。有些場景能激發自己文思泉湧，但也會有靈感枯竭的時候，還有一種是無論如何都提不起筆，說明白點就是根本不想寫出來的情景。一般遇到這種狀況，我仍是會硬著頭皮繼續寫下去，就某種層面來說，恪守將一切破壞殆盡的步調也算是我的執筆風格，可就是有不管再怎麼樣都辦不到的時候。每每遇到這種狀況，我才知道原來自己並不是電腦的一部分，不是機器人，只是區區一名人類罷了。

坦白說，在進行到「36」這個章節的時候，我的筆——正確來說是敲鍵盤這件事已經停滯了整整十天。比起十年前我被監禁在U家的期間還要長，若是照我平常的速度，這段停滯不前的時間大概都能寫完一本小說了。其實我真的寫了。在結束三十五章，到終於開始著手進行三十六章的這段時間，我確實寫了一本小說。所謂的十天，對我而言就只是那樣的一段時間。當然這不是小說，而是點綴了我過往精神創傷的文字紀錄，但也正因如此，才會出現如此稀奇地讓我『不想繼續寫下去』的狀況。包含以作家為志向的那段時期，這種狀況真是少見得屈指可數……而如果這只是一篇小說，我會認為『要是真的這麼寫不下去，要是真的這麼不想寫，一定是因為這並不是一篇真正的故事』而以自己的思慮不周為恥，「是我的功夫還不到家啊」只要裝傻矇混過去，從頭再寫過一遍就好了，但這不是故事而是不可動搖的現實，才讓我沒辦法隨意地放棄。我沒辦法改變過去，已經發生的事就是發生了，我無法取消那一段過去，也無法放棄。

我必須寫出來。必須面對那一段過往才行。

可是洗完澡的我沒有辦法面對自己，也無力面對U。只能回到置物間悶著。好不容易終於把身體洗乾淨了，結果卻又穿回自己那件骯髒破爛的衣服，明明洗完了澡卻沒有半點舒爽暢快的感覺（也就是關於我身上的惡臭說不定根本沒有獲得改善），我沒辦法請U借我一件新衣服穿。這個家裡當然會有她父親的衣服，但一想到他把U的身體搞成那樣，就讓我完全興不起想借衣服穿的念頭。

「晚安。」

還能好好回應U的就寢問候，我就覺得自己很了不起了。說起來還真是挺難堪的……

我就這樣度過星期天的夜晚，到了隔天的星期一早晨。U今天會去上學，這段時間我又能恢復自由……

「早安。」

一如往常地回應了她的問候，接著再像星期六、星期天那樣——

「我開動了。」

「我吃飽了。」

跟她一起吃過早餐後，

「我出門了。」

U說完便背上書包，走出玄關大門，我對她說「路上小心」目送她離開……說是目送，其實也只是從門縫間窺探。

對於搬開置物間拉門這件事，我還算挺注意的（考慮到U可能會折回來拿忘了帶的東西），直到上午九點，學校差不多開始上課的時候才付諸實行。

之前盤算好的那些計畫都已付之一炬。關於試著找出她父母親的線索、與放學回家的U好好地道別、再從這個家離開的計畫……那已經是不可能實現的事了。對現在的我而言，無論如何都做不到沒有一絲牽掛地離開U，徹底與她斷絕關係。

監禁生活的第六天，不可否認的是我的精神狀態已經達到極限，但即使身心都處在絕佳的狀態下，我還是會做出一樣的選擇吧。

所謂的選擇，就是趁著U去上學的這段期間偷偷離開這個家的選擇……以被飼養的寵物來比喻，就像扯斷鎖鍊逃走了一般，當然不是不能想像這會帶給U多大的衝擊，但我現在已經沒有多餘的心力去考慮那種事了。我只能顧慮到自己。不，我就連想獨善其身都辦不到。

居然逃離一個受傷的小孩，你這個男人還能有多沒用啊——想說這種話的人就去說吧。這樣的家庭、這樣的家人，清官難斷家務事，更何況我只是一個大學生。丟下滿身是傷的少女，一個人逃走說不定會讓我後悔一輩子，但與其在這裡被多囚禁一天，我還寧願抱憾終生。

我是這麼想的。

我並沒有訂下獨自逃離到安全的場所後，再打電話給警察或兒福機構之類的計畫，我完全沒有考慮到下一步該怎麼做。總而言之，我只想早一刻從被困在這個家的監禁生活回到日常狀態。能想到的就只有這件事，我想我是極度的利己主義者吧。

如果在被逼到絕路的狀態下會展露出人類的本性，那麼，這就是我的本性了。說著厭世者才會說的話，說著厭惡人類之類的話，說著看破紅塵俗世的出家人所說的話，其實我的本性就只是個卑劣的膽小鬼。丟下遭受殘酷虐待的弱者不管，只顧著自己逃到安全地帶的人渣。就算這個世界只存在著像我這樣的利己主義者，這個時候我所採取的行動絕對值得被大家輕蔑，絕對無法得到原諒。

但以現實而言，結果又是如何呢？

在這個時候，要是我真的獨自逃往安全的地方，事後是不是真的會跟警察或兒福機構聯絡？我不想把自己想成那麼卑劣的傢伙，以現實問題來說，在屏除為自己辯護這點來省思的話，不管是U或這個家，我難道不是都想視若無睹，盡快地拋諸腦後嗎？

我沒辦法確認這一點。

被逼到絕境逃出來的我，在那之後會採取怎麼樣的行動，就連我自己也沒辦法確定這一點……因為我就連卑鄙地只顧自己逃跑這點都失敗了。

走出置物間後，我還是決定在離開U家之前，先調查一下關於U的雙親……明明都放棄和U好好告別了，卻還是打算照原訂計畫調查她的父母。要是想逃離這裡，不是就該快點逃出去了事嗎！

為什麼我會做出那種事，只能說是膽小怕事的傢伙還想搞清楚那些無謂的利弊得失吧。星期六、日我依然滯留在U的家，沒有從置物間離開就是為了調查U的父母，結果我知道U遭受了虐待。如此一來，我滯留在U家只得到負面的意義……可如果能知道U的雙親從事什麼職業，我或許還能避開他們。

不，我也覺得這不足以構成理由。懷抱著因U而生的罪惡感，我原本是打算描寫當時的自己究竟有多麼丟臉可憎，但說不定這時候的我，其實是想找找還有沒有什麼事是我能為U做的。

例如幫她打掃客廳、幫她把髒衣服都洗乾淨，我只能將自己的友善表達到這種程度……如果連這點小事都沒辦法為她做，我實在無法安心。把調查當作藉口，但如果沒辦法為她做任何事的話，我真的無法安心。

即使做了什麼，我也無法安心就是了。

總之我走出置物間，稍微伸展了下身體。我的身體已經太久沒活動都快生鏽了，走出置物間的第一個念頭就是先好好做一下伸展運動。而我那顆因怯懦與恐懼而縮成一團的心，大概怎麼樣都伸展不開了吧。

37

我身上穿的是這個家裡的衣服中最骯髒的一件，但我還是先啟動了洗衣機，這十多天來U只是不斷把穿過的髒衣服丟進洗衣籃裡，待洗的量多到都已經呈一座小山的程度了……因為沒辦法一次洗好，只好分次慢慢清洗。雖然得花上大半天，應該還是趕得及在U回來前把整一整桶衣服都洗完吧，包含浴巾在內。我就利用這段時間打掃客廳，連自己用來過生活而亂成一團的置物間也一併打理乾淨。說起來在打掃這一方面，我做得還算不錯。

我想起了鳥立而跡不濁（註10）這句諺語。或者該說是白鶴報恩？雖然不管哪一句都是以鳥當主詞……但在跡不濁這一點上，U家打一開始就亂七八糟，我也沒從U那裡接

10　意為在離開時將自己生活過的痕跡打掃乾淨，不讓人留下不好的印象。

受過類似恩惠的東西，不管是哪句諺語都不太適合現在的狀況。我只是單純想到罷了。

前面的篇章就已經說過了，我用來獨居的房間確實也挺髒亂的，但並不表示我不擅收拾打掃，只是我更擅長弄亂罷了。比較起來我反而還算是挺會收拾的人……擅長打掃跟把打掃當成一種習慣完全是兩碼子事。

我花了兩個多小時終於把亂成一團的客廳打掃完畢……到底也就是小學生會造成的髒亂程度，收拾起來甚至不用花什麼功夫。接著把置物間整理得差不多時（置物間只需要把垃圾清乾淨），第一次的洗滌也結束了。

U家使用的是當時還很罕見的附烘乾功能全自動洗衣機，所以不需要把洗好的衣物拿去院子晾乾。再怎麼樣，我還是對把小女生的內褲晾到院子裡這種事有很大的心理障礙，還好洗衣機替我解決了這個煩惱，真是幫了大忙。把剩下的待洗衣物全部丟進洗衣槽裡，放入洗衣精，按下啟動鈕。再把洗好的衣服和浴巾拿到客廳，仔細地一件件折好。可惜的是我對於折衣服並不是很拿手，但也並非辦不到。幸好沒有需要熨燙的衣物……也是啦，小學女生穿起襯衫該有多恐怖啊。不對，女生不是也會穿罩衫什麼的嗎？我對兒童的流行趨勢真的完全不了解。

雖然受到父母虐待，但U的衣服還真不少……好像比我這個大學生還多好幾倍。光從衣物的數量來看，還以為她在這個家裡一定是個備受疼愛的掌上明珠呢……這到底是怎麼回事？雖然我直覺認定U必定是遭到雙親的虐待，可說不定虐待她的只有其中一人，而另一個人或許也跟她一樣遭受到家庭暴力，所以才更加疼愛唯一的獨生女，這樣的可能性也不是沒有……可即便如此，對於現狀也沒有任何改變，同樣無法撼動我離開

U家的決定。

在洗第一桶衣服時，一樓的掃除工作大致上都完成了。我也有偷看一下一樓的其他房間，不過U似乎不太出入客房，並沒有什麼雜亂的地方。洗完第二桶衣服大概還要花上兩個小時左右……我就趁這段時間到二樓看看吧。一般來說，書房和父母的寢室都是在二樓才對……還有U的房間也是。

整整六天，現下就是第六天，我始終困在這間屋子裡，卻不曾走上二樓。一想到這點，通往二樓的樓梯彷彿張了結界般，要踏出第一步需要相當大的決心，不過反正都要離開了，我還是懷著自暴自棄的心態踏出了那一步，終於來到二樓。來到二樓一看，才發現只不過是普通的二樓。就只是一般民宅的二樓，既不是地獄也並非魔界。

我稍微鬆了一口氣，不曉得已經被這種鬆了一口氣的感覺背叛過多少次……而這一次，我果然還是被背叛了。

遇到這種狀況時，多多少少感應到一些不祥的預感應該不為過吧。

再怎麼遲鈍也該有個限度啊！

二樓有三扇房門。不對，若是把一看就知道是廁所的那扇門也算在內的話，一共有四扇門……全都是內開式的門鎖。

我沒有想太多就往離樓梯最遠、位在走廊最深處的那扇門走了過去。

反正到頭來我每個房間都會查看，只是認為從最裡面開始比較有效率罷了……就像一般查案都是從衣櫃的最下層開始查起的那種感覺？不過這跟衣櫃又不一樣，不管是從最深處的房間著手調查或從離自己最近的一間開始好像都沒什麼差別……

或許我是有了什麼預感吧，開玩笑的，我才不會說出這麼自以為是的臺詞。在寫出「遲鈍也該有個限度」這種句子之後，我實在沒辦法說出如此矛盾的話，所以那不過是單純的偶然。第一扇打開的房門無巧不巧，就是U的房間……這真的只是單純的偶然……

真是不可思議，我一眼就看出這是小孩子的房間。因為房間裡擺了一張書桌，不過我的房間明明也擺了一張……整體來說，應該是這個房間裡的家具和日常用品尺寸都小了一號的關係？大概是這樣吧。

話說回來，因為早就知道U的房間在二樓，我本來打算在離開之前替她打掃乾淨，就像一樓的起居室和置物間一樣，但出乎意料的是，U的房間竟相當乾淨整潔。那是比整理過了還更有規律的清潔有條理。

這所謂的『整潔房間』並沒有讓我覺得感動，我反而退後了一步，默默走出房間。我想大多數人都跟我有著相同的看法吧……明明是小孩子的房間，卻井然有序到這種地步，簡直就像在海上漂流的無人遊艇一樣怪異。

起居室都被她隨心所欲搞得亂七八糟了，為什麼U獨獨對自己的房間如此用心地打掃整頓呢？我擠出勇氣再一次走進房裡確認，居然連垃圾桶都是空的，就跟飯店的客房沒兩樣。那種清掃得一塵不染的飯店客房……我從來沒見過，就算是十年後的現在也不曾見過，但飯店的蜜月套房好像有特別設置的兒童房……我猜想，眼前這間小孩子的睡房，大概就跟飯店裡併設在蜜月套房裡的兒童房差不多吧。

怎麼回事？

難不成U其實很少使用這個房間？真是這樣的話，她的房間會乾淨整潔到這麼莫名其妙程度也不是不能理解……但只要一想到這裡甚至打掃得比一樓的客房還要乾淨，這個答案也就不免留下了疙瘩。

我懷著滿心疑惑繼續環顧房間……原本我上二樓就是為了調查U的雙親，還有幫U打掃亂七八糟的房間，可仔細想想，我未免太自以為是了，這種做法根本是侵犯隱私權，人家小女生說不定還會覺得困擾呢，這時候才冒出來的思慮已經毫無意義，我應該快點離開這裡，去調查其他房間才對，但是我就是遲遲無法做出決策。如果U的潔癖嚴重到這種程度，應該無法忍受之前的起居室狀態才對……我忍不住為這個疑惑著手尋找起答案。

然後，我找到了。

答案就在U的書桌上。

38

『要說早安。』

『要說我開動了。』

『要說我吃飽了。』

『要說我出門了。』

『要說路上小心。』

『要說你回來了。』

『要說初次見面你好。』

『要說謝謝。』

『要說打擾了。』

『要說你好。』

『要說再見。』

……放在書桌上的筆記本第一頁就洋洋灑灑地寫了十一條注意事項。接著翻開下一頁也是如出一轍，以橫式書寫的方式記錄了不同的問候語。簡直像是要把所有的日文問候語全都網羅進這本筆記本中般，不管怎麼翻都是『要說〇〇〇〇』的制式文體。

翻了差不多十頁左右，正當我以為這些問候語總算能告一段落時，接著映入眼簾的卻是日常生活中所該遵守的『規範』。隨機抓幾題出來，差不多是像這樣：

『電視一天不要看超過一小時。』

『自己的房間要自己打掃。』

『不要在走廊奔跑。』

『要乖乖去上學。』

『不要拿別人的錢跟點心。』

『假日也要像平常一樣起床。』

『別弄丟鑰匙。』

『玩多久就要用功多久。』

『要乖乖寫功課。』
『每天都要洗澡。』
『別人說話時要注意聽。』
『讀過的書不要亂放。』
『遊戲不要玩一半。』
『要好好照顧寵物。』
『被道歉的話就要原諒對方。』
…………

原來如此……記事本裡的一字一句都讓我不由得發出低沉的感嘆，明明寫的都是些理所當然的事，但當如此病態的條列成冊時，實在教人感到非常噁心……簡直可以說是恐怖了。

因為外表看起來跟U之前用來當備忘簿的那本筆記一樣……我才會沒多做他想就拿起這唯一沒有收起來的記事本，但應該是完全不同的另一本，而且書寫上大量規範條例的也不是U的筆跡。不是U那笨拙、難看的字體。而是屬於大人的、估計是男性的字跡。

會放在桌子上並不是U忘了收好這本筆記……而是只要一有時間，U就會翻開這本筆記，確認自己該做的事……仔細觀察就能發現每一頁的頁角都變得又舊又薄，可見她一定重複翻閱了許多遍。這本記事本散發出某種異常的光彩。與其說是記事本，更該稱為制式記事本才對……

才看到一半，我就有種噁心到想吐的感覺，索性不再繼續往下看。若這是父親硬塞給女兒的『課題』，我真的除了厭惡之外再無其他感想了。雖說厭惡之外再無其他感想，但這本『制式記事本』的存在也讓我確信了某些事。

這就是教條吧……這是教條沒錯。對U而言，這本制式記事本裡條列的全都是必須遵守的教條。除了她在問候方面的徹底堅持之外，像『自己的房間要自己打掃』這一句也是。U的房間會整潔到散發出某種詭異的氛圍當然也是遵守了教條的關係，同時她也做出不是『自己房間』的起居室和置物間就不在此限的判斷。U只是被動地依言行事，完全沒有想打掃或自己決定整理環境整潔的念頭。

仔細想想，每次聽見電視聲音好像都微妙地在同一時間……至於『要好好照顧寵物』這句，應該是那隻寵物貓咪死後不久，她父親特地加註上去的吧。在囚禁著我的同時也繼續去上學，不用說當然也是遵守了『要乖乖去上學』這一項。

還有這一句，『遊戲不要玩一半』——就是這句話支配了那天的她……確實在『制式記事本』中也存在著『要珍惜朋友』這樣的句子。有是有，但那句話卻排在『遊戲不要玩一半』之後。於是優先順序就產生了問題……

我想這本記事本的撰寫者絕對沒有那樣的意圖，U卻在腦海裡將無限多的『規範』依照順序遵守著……

或許當時U真的很想把遊戲機扔到一邊，恨不得立刻衝到被車子輾過的朋友身旁。回想起之後她抱著朋友哭喊的模樣，並沒有任何不自然的地方……但她就是沒辦法打破深植腦海的優先順序。

反過來說，當天會發生意外事故的元凶，或許是因為這本制式記事本中少了『不要邊走邊玩遊戲』的規範……更甚者是漏寫了『要遵守交通號誌』這一點。

乍看之下好像網羅了全天下所有教條，但這本記事本其實寫得相當馬虎。而這份馬虎，卻牢牢地囚困束縛著U。

怎麼會有這種愚蠢至極的『教育』方式。

如果我是個堅信不管怎麼樣的壞人都仍有同情的餘地，如果我真的發自內心這麼認為的話，那麼我或許能從這本『制式記事本』中讀出父母對女兒的愛意，或許還能感受到他們望女成鳳的苦心，可是我辦不到。我就只是個卑劣的膽小鬼，對這本記事本除了厭惡之外再沒有任何感想，一分一毫都沒有。

而蠢到被這種記事本束縛的U，同樣也令我感到莫名厭惡……至今為止一直讓我無法理解的、以為終於能掌握卻又在下一秒被搞得一頭霧水的U的行動原理、行動法則，這下終於水落石出了，在總算了解她的當下，我卻不由自主地全身發顫，幾乎連站都站不好。

最恐怖的是連父母不在家的這十三天中，U依然規律地遵守教條……我是有聽過所謂的教條人類，但這實在太偏激了。偏激到好似再也回不去了。

不過我也完全明白她的行為如此偏激的理由。因為記事本中清楚條列著『就算是在爸爸媽媽看不到的地方，也要當個好孩子』這一點……所謂的好孩子，是指會乖乖遵守這本『制式記事本』內容的孩子吧……況且如果沒有乖乖遵守，可是會受到懲罰的。『做了壞事就得接受懲罰』記事本上寫得再明白不過……

『要服從父母。』

『要尊敬父母。』

我真希望在眼前一晃而過的這些條例是自己看錯了，反正我也沒有再度確認的勇氣……

這時，我忽然篤定了一件事。為了確認自己的篤定究竟是不是事實，就算再不情願也得再一次確認記事本裡的內容……真是百般不得已。

這麼一來，所有的謎團都揭曉了。謎團？不，打一開始就沒有什麼謎團。真相一直都是赤裸裸地，任誰都能一眼看穿，只有我、只有愚蠢如我才會什麼都看不出來。

我盡可能不去直視『制式記事本』，邊快速地翻頁邊用眼角餘光掃描，幾分鐘後……果然被我找到了。

『別讓人知道自己的真面目。』

真面目？

這種像是把自己的女兒當成外星人看待的記述，讓我吃驚得一時手滑弄掉了記事本。因為記事本掉在地板上，原本整潔有序的房間被添上些許凌亂，變得正常點了。

39

我並沒有確切得知U的雙親從事怎麼樣的職業。

當然在這之後，二樓還有另外兩個房間……就是書房和寢室……只要仔細調查的話，應該能輕易獲得比職業更多的訊息才對。現在回過頭想想，也是可以做出相當程度的推斷，但就是缺乏確實的證據。

說明白點，U的雙親究竟是怎麼樣的人，包含我過去一直困惑著想搞清楚的答案，都在發現那本『制式記事本』的一瞬間就大概明白了。而除此以外，我已經不想再更深入地去探究有關他們的其他事……瞭解了這麼多的那個當下，究竟帶給我多大的痛苦，想來都是無足輕重的。我所承受的那些痛苦，跟早就親身體會過其傷害的U相較之下根本就微不足道……

我想，U的父母大概也在中途發現自己的教育方式錯了吧……依照那種教條養育的女兒有多麼怪異，就算是初次見面，也不可能察覺不出那明顯的異常。

但他們卻不承認那個錯誤。還把那份異常稱為『真面目』，要求女兒隱藏起來……好像女兒會那麼奇怪並不是他們的錯，而是女兒自己的問題，所有的責任都要求女兒獨自擔負。說不定還燃起了一定要更嚴厲教育女兒的使命感。對於那樣的父母，到底還有什麼好探究的？

從這裡接下去的並不是『所以我在仍不確定U雙親職業的情況下，就這樣離開了U的家』。我沒有離開。明明不想再深入了解、不想知道更多了，但我沒辦法留下另外兩間房間沒有仔細調查過就直接離開，我就是辦不到。或許是種近似於自暴自棄的心態，但又有點不同……也不是什麼義務感或責任感。也許我在情感上早就已經發現了。明明發現了，卻選擇別過眼視而不見。

其實我在走上二樓的時候就明白了吧。不，搞不好打一開始被小刀抵著帶到U家的時候，我就明白了……應該要明白的，要不就太奇怪了。

如果不是這樣，我就真的太遲鈍了。

認定在U的房裡再也找不到更多線索……也不會再失去更多後，我便任由記事本躺在地上，自然地邁開腳步，自然地伸出手推開隔壁的房門。一如先前所述，到了這一刻，我所採取的行動已經不包含想更深入探知U的父母，但也沒有衍生出其他想法就是了。

隔壁房間是U父母的寢室，特大尺寸的床上，一對男女就像纏縛在一起似地掐著對方的脖子死去了。

40

互相勒死對方這種事真的有可能嗎？這一點我並不清楚。以十年後的知識來探討，就生物學來說似乎不太可能……所以在勒死對方之前，也許其中一人、又或者雙方的頭部都曾被床邊的裝飾硬角砸傷，以別種形式造成某種致命傷。

一對男女……對於屍體的描寫今後或許也會納入規範限制內，我不想描述得太過詳細，從他們死去的模樣實在很難跟U聯想在一起，但我直覺認為這兩個人就是U的雙親，她的父親與母親，她口中的把拔與馬麻。不會有其他可能了。

把拔跟馬麻不在了。

是嗎，已經不在了啊……因為他們殺了對方。

我曾目擊過不少交通意外，這並不是我第一次看見屍體……就連最近，我都近距離看過U的朋友被大卡車輾得四分五裂的樣子。跟被汽車這種凶器『殺掉』的屍體相比，U父母的屍體算是相當漂亮的，所以就像懸疑推理劇場會出現的反應，我並沒有失聲尖叫。

實在是教人想哭。原來這六天來，一直有兩具屍體就存在於我的正上方，而我就這麼被監禁著……說什麼『別人家的獨特氣味』啊。

根本只是單純的屍臭罷了。

那是死亡超過十天以上，已經開始腐爛的屍體散發出的惡臭……只是因為一直關著房門，臭味才沒有那麼明顯，但只要一打開門，就再也無所遁形了。

隨著屍體的腐敗，監禁生活讓我的精神狀態日益疲乏，也許正因為如此我才一直沒有注意到……或是我已經習慣自己的體臭，在U家生活的這段時間也對屍體的惡臭感到麻痺了。

這種事怎樣都無所謂。總之我就是少根筋。

事情走到這一步，再進寢室或書房探查她父母的真面目也沒有意義了。調查已經去世的人又能如何呢……我甚至沒辦法表達出他們對U施予精神與肉體虐待的憤怒。連氾濫的公理正義或自以為是的譴責都辦不到。對方死都死了，我還能說什麼？

她的父親和母親究竟是因為什麼理由殺了對方，對我來說都無所謂……是夫妻吵架延伸出的悲劇、是為女兒的教育問題、是工作遇到了瓶頸……我不知道他們發生了什麼事，那也不是我該去知道的事。

但，就算沒辦法發洩怒氣、就算連責難都顯得荒唐可笑，如果可以，我還是希望能多少抱怨個幾句。因為你們對女兒的教育方式錯了，才害我被綁架、監禁了一個星期的抱怨？不是的，我想說的不是這件事。只要看過那本記事本、看過他們的女兒，就該知道這兩個人不是抱怨幾句就能溝通的對象。

你們憑什麼死啊！

我想說的只有這一句。

不管是怎麼樣的父母，至少都比沒有父母要強——這不是我要說的……世界上多的是不如不存在的父母。但你們卻以這種方式死了，以互相殘殺的方式死了，從今以後U究竟會變成什麼樣子？那孩子的將來該何去何從？

承受了親生父母那種包含虐待且不合邏輯的教育方式，被灌輸亂七八糟的價值觀，甚至犯下侵害他人自由的罪行，更糟糕的是，監護者們以互相殺害的方式讓她同時失去了把拔與馬麻，這樣的孩子將來到底會變得怎麼樣？

雜七雜八讀過許多書的我當然預測得到U以後會變成什麼樣子……她應該會被什麼機構給領走吧。但在那種機構裡，她所處的位置肯定也是相當特殊的。

她的人生完全偏離了『正常』的範疇，幾乎到了無法修正的程度。一切的一切，都是死在這裡的——U的把拔與馬麻的責任。如果他們活著，至少還能擔負起這點責任……可是U卻連憎恨他們、譴責他們都辦不到了。

忍不住笑了出來……在這種時候，無論是基於怎樣的情感驅使，最不該做的就是笑出來。但我笑了。我只能笑。

從一開始被監禁到現在，這是我第一次笑了出來……在娛樂小說的世界裡，『第一次笑了』應該伴隨著令人感動的場景才對，但這個地方並不存在半塊感動的碎片，只是單純的棄屍場所罷了。身處在棄屍場所裡，我只能放馬後砲似地對僵直在床上的兩個人丟下一句話。

叫小孩子去做些辦不到的事，一定很有趣對吧？

41

「我回來了。」

當U說著這句話回到家時，我已經不在置物間裡了，而是站在U的面前，佇立在玄關的腳踏墊後頭迎接她的歸來。並不是來不及趕回置物間、不是來不及把拆開的拉門重新裝回門框滑軌上……

若想做那些事，我完全不用擔心時間不夠。

只不過，這場綁架鬧劇、這齣監禁戲碼已經沒必要再去補救了。就連一點殘渣都無須剩下。

如果只是配合小學生的幼稚犯罪，陪她玩玩是無所謂……但囚禁我的並不是U本人，而是用那種方式將U養大，把U養得不倫不類的那對父母。所以我真的沒辦法再繼續配合她瞎鬧下去了。我又不是閒著沒事幹……老被別人家裡那對沒資格做為人父、人母的雙親牽著鼻子走，誰受得了啊！

這場綁架鬧劇該落幕了。

可是我沒辦法一聲不吭地掉頭離去。不管是繼續假裝被關在置物間裡，或是趁U去上學的時候偷偷跑走，不管哪一種行為都讓我覺得跟U父母的作為沒有兩樣。那只不過是在欺騙孩子罷了。所以我才會站在這裡迎接她回來。堂堂正正地……雖然是有點彎腰駝背啦，但我還是面對面地看著她，對她說「歡迎回來」。

「…………」

U看著原本該是被她鎖起的來我居然跑出置物間……馬上就明白了一切般，沒有多問什麼，也沒有開口說一句話。

年紀雖小，在綁架這一點上同樣可以看出她的稚拙與淺薄之處，不過考慮到小學四年級學生的年齡，U已經算是個非常聰穎的少女了吧…………光是看到我不在置物間裡，她就明白了個中因由，毋須再多做說明。

她什麼都沒說，不代表她沒有受到傷害。該怎麼說呢，被人以最殘酷的方式告知聖誕老人根本不存在時，人類會展露出的表情，現在就浮現在U的臉上。

我明明那麼小心翼翼地不願傷害到U的心情和尊嚴，可到頭來，我還是傷害了她。

可是沒有辦法。這是無可奈何的事。

要是能拯救被父母虐待、用扭曲的方式養大的U是很帥氣沒錯，若能讓U恢復成一個正常的人就更棒了。但我只是個想成為作家的大學生，怎麼可能辦得到那種事……不具備任何專業知識，也沒接受過兒童輔導研修的我，根本不曉得該跟U說些什麼才好。

我甚至沒辦法張開雙臂擁抱這個剛從學校回到家的可憐少女。要是這麼做而壓到她衣服底下的傷口，不是會讓她更痛嗎？

既不是救世主也不是英雄，我只是個路邊隨處可見的傢伙罷了。

我只能用這種方式，向U傳達事實。

「…………」

U依然保持沉默，脫去鞋子走進家裡……就在她踏上玄關踏墊的瞬間，突然無力地往我的方向頹倒。就像校長的致詞太冗長時，因貧血而昏倒的學生……U依靠著我癱軟倒下。

「好累。」

我聽到她細啞的低語。不對，這或許是我自以為是的幻想。無論怎樣都好，當我接住她瘦小的身軀時，U彷彿睡著般失去了意識。

她真的是……真的真的真的是達到極限了吧。不是什麼扯緊的絲線，她根本是一條繃到極限的橡皮筋。但對我的監禁以『失敗』告終後，U多多少少總算可以從那本『制式記事本』解脫了……

如此一來，她也能稍微輕鬆一點了吧……我輕手輕腳地抱起U的身體。儘管還背著書包，她實在輕得不像話。把我囚禁了整整六天的少女就像一件用單手就能提起的輕便行李……可她不是行李，是個貨真價實的人類。

她是個人類。忘了這件事的傢伙已經死在這個家的二樓了。

我抱著U走向起居室，由於我打開寢室的房門，此時二樓正飄散著濃重的屍臭味，並不是適合用來休息的環境。

我讓U躺在起居室的沙發上，為她卸下書包。她已筋疲力盡了……應該說，U的身體就像電池耗盡般一動也不動，這時候的她怎麼看都只是個小學生。但這孩子的人生已經損壞到無以復加。甚至荒唐得無法挽回。

有些人當然會抱持著不同的論點，才沒有什麼是無法挽回的……即便身處在相同的環境裡，也有很多出人頭地的案例啊……真的是這樣嗎？U往後的人生真的能再一次步上正軌嗎？她真的有辦法變成人們口中所謂一般人的那種一般人嗎？

我覺得不可能。

確實在相同的環境裡也是有出人頭地的案例，但不可能每個人都那麼了不起，大多數的人一旦踏錯那一步，就再也沒辦法回歸正軌了，難道不是嗎？

當然這只是我個人無法相信而已，她一定能成為一般人的。她當然會成為一般人，人是會改變的，會成長，也會進化。

但這必須花費莫大的努力還有無窮無盡的時間……所以我沒辦法改變U，也沒辦法守護她。光是自己的事就夠讓我焦頭爛額了，實在沒辦法為了U做出獻身式的自我犧牲。

『就算是不認識的陌生人也要溫柔以待』——存在於那本『制式記事本』裡的這句教誨，至少我是辦不到的……

接下來我只會留下她，獨自轉身離開這個家。

我無法參與U將來的人生，也沒辦法成為U重要的人。相信神也不會對我有所期待吧。神並不是對我抱著什麼期待，才把我擺在這個位置上的。因為，我就只是個隨處可見，一個想成為作家的大學生罷了……

「………………」

不知道過了多久，U忽然睜開雙眼。因為她的身體一動也不動，沒辦法說她起床了，也很難說她是不是已經醒了……她的眼神那麼茫然呆滯，像極了死魚的眼睛——不對，應該是像死人的眼睛。

我告訴她，再多睡一會兒吧。U毫無反應。不曉得她到底有沒有聽到我說的話。其實用不著我說，U似乎也打算繼續睡去，但她並沒有闔上眼。就像真的死了一樣。不光是眼神死了，彷彿全身都一併死了去。

雖然不曉得她聽不聽得到我的聲音，我還是忍不住開口。有什麼我幫得上忙的地方嗎？需不需要我幫妳做點什麼？我這麼問她。然而這都只是為了自我滿足罷了。在可悲可憐的少女面前，我唯一能做的就只是確認自己體內還有類似「良善」這樣的情感。於是我開始莫名其妙地一再重複起來。如果只是為了自我滿足，這些話說一次也就夠了，可能是我那神經質的謹慎性格在此時發作了吧，妳想做什麼嗎？有什麼我幫得上忙的地方嗎？我持續不斷地問著。

「………………」

說故事。

……於是，U終於有了反應。

「請你，說故事，給我聽。這樣的話，我就睡得著了。」

說是反應，她的聲音卻很微弱。

但U確實是開口了。

「把拔和馬麻……以前常常說故事給我聽。在我睡著之前，會在旁邊，講故事……」

原來也有過那樣的日子啊。就算是那種會把無解難題硬塞給孩子的父母，也曾經有過那樣的時代啊……陪在女兒身邊，為她講故事的時代。

這個家庭的齒輪是從什麼時候脫軌失速的呢？

在二樓那間整潔的兒童房床邊，或是糾纏般躺著兩具屍體的主臥房床邊，輕聲唸著桃太郎或灰姑娘或白雪公主這些童話故事的歲月……原來這個家裡也有過啊。只是再也沒有那種機會了……會唸故事的父母已經死了，而聽故事的獨生女雖然活著卻跟瀕死之人沒有兩樣……

……有了。

有一件事是我可以為她做的。只有我才辦得到的事。沒錯，只有我這個渴望成為作家的大學生，才能為U做到的事。

我總算找到了。

終於找到了，我唯一能為她做的。

為此終於感覺得到救贖的不是別人，就是我自己。

42

我開始說起『故事』。對躺在沙發上陷入半夢半醒間的U囁嚅似的出聲。因緊張而走調的說話聲也在不知不覺間變得平穩了。甚至不用去意識到這一切是如何發生的，因為說話的並不是我，而是『故事』本身。於是名為我的個體消失了，現在的我只是傳達故事的聲音。

我向U傳達的並不是像桃太郎那種『正義的強者最終將會大獲全勝』的故事；也並非灰姑娘那種『真誠之人將會得到回報』的故事；當然更不是白雪公主那種『心地善良的人會得到一見鍾情的美好愛情』的故事。

我對U說的……從我嘴裡編織出的故事，是關於非一般的人類就用非一般的方式得到了幸福；思想怪異的人就維持著怪異的思想，然後得到幸福；異常的人就當個異常的人，從此也能得到幸福。不管是沒有朋友的傢伙、沒辦法用言語表達心中所想的傢伙、無法適應周遭的傢伙、個性扭曲的傢伙、喜歡唱反調的傢伙，都這麼保有自我本色最終得到幸福的故事。得不到恩惠的人就算得不到恩惠，也能好好活下去的故事。

譬如只能依靠語言勉強維持生計的少年，和支配世界的天才藍髮少女的故事。又譬如是病態地寵溺著妹妹的哥哥，和不能容忍把事情搞得曖昧不清的女高中生的故事。只靠知識與勇氣便能拯救地球的小學生，和夢想成長與成熟的魔法少女的故事。重視家族愛的殺人鬼，和被殺手魅力吸引的針織帽少女的故事。幫助瀕死怪物的偽善者和愛上他的吸血鬼的故事。討厭去電影院的男人和他第十七個妹妹的故事。在與世隔絕的小島長大，沒有感情的高大男孩和被恨意與憤怒灼身情感豐沛的小姑娘的故事。了解挫折的格鬥家與無視挫折的格鬥家的故事。與自身想法背道而馳的暢銷作家與求職中的姪子的故事。愛看冷門怪書的嗜書者和住在書店裡的怪人的故事。不管做什麼老是失敗的承包商和因為喜歡這樣的她而任憑擺布的刑警的故事。只能靠意志活下去的女忍者和守護她的首領的故事。

雜七雜八地說了許多，雖然每段故事幾乎都沒有共通點，可是基本的主題只有一個。

就算是偏離了正道的傢伙、因為犯了錯而脫離社會的傢伙們也都能好好的——不，或許也沒好好的，但大概還是能愉快的、有趣的、並怪異地生活下去吧。

這就是隱含在故事裡的訊息。

無論是我或U，或者不管誰都好，就算我們什麼都辦不到，至少我們都還能活下去，我不斷地告訴U這點。

黃昏不知何時已悄悄降臨，縱使夜幕升起，我們還是什麼都沒做，我依然為U說著『故事』，U就繼續聽我說。

這些『故事』當然都不是真實的情節，並不存在於這世界的任何角落。這個社會所訴說的那些故事，對我們這些人都太過冰冷、太過正派、太過堅強、太過純淨、太過一般、太過認真……總教導我們要跟大家友好、要為別人設想，對某種階層的人來說全是不可能達成的無理要求。我實在沒辦法對現在的U說出那種充滿教訓意味的說教言詞。

所以我創造了故事。即興地邊想邊說，總之就是把我想說的話全都擠進故事裡，一字一句地對U訴說。

沒問題的。

雖然有很多的謬誤，雖然出了很多紕漏，雖然搞砸了很多事情，雖然造成許多的無法挽回，或許再也無法回到正常的人生軌道，但是沒關係的，這種事也沒什麼大不了的……我一而再地這麼告訴她。

不是英雄的故事，也不是救世主的故事，彷彿沒有盡頭般，我持續不斷地淨是說些關於異端者的故事。

做這種事情有什麼意義呢？我這不是在浪費時間嗎？當時的我完全沒有那種負面思考。難得我竟能如此正向積極……這六天來，我好不容易終於找到了該做的事。至今為止始終沒有逃出去，拖拖拉拉地任其囚禁著……直到這一刻，我總算能確信自己想成為作家的志向就是為了現在而存在的。

當然，或許到頭來這一切仍舊是徒勞無功。

我只是沒有想清楚罷了，我做的也許仍是件毫無意義的廢事。

年幼的U一定馬上就會忘記，此刻我為她編造出來的那些故事……包含了許多以她的年齡還沒辦法確實理解的描述和表達，就算她都聽懂了，可在半夢半醒間聽到的那些故事，也不可能留在她的心裡太久吧。

在她那顆被父母創造的教條規範緊緊束縛的小小心靈中，不知道我創造的不成熟故事能產生多少迴響……可不管再怎麼不成熟、不管再稚拙，我依然相信故事的力量。這是疑心病重又慎重膽小的我唯一相信的……而此刻，我將這份唯一盡數給了U。如果這是浪費時間、起不了作用的無意義舉動，那就讓我沉默地切腹自殺吧。

那本『制式記事本』裡，確實記錄了她父母所訂下的規則。

『別人說話時要注意聽。』

沒錯。

所以仔細聽我說吧，U。

那被妳父母稱為真面目——那天我所目擊到的妳的本質，確實是只要活在這世上就不得不隱藏起的一面，但妳絕不能因此感到羞愧。

雖然妳的人生早已經一蹋糊塗了……但無論如何，這也不表示妳就不能得到幸福。

43

於是這起事件落幕了。要說是怎麼一回事，其實就是在翌日天未明，也就是從我被綁架到U家大約經過一個星期的那個早晨，該說是總算嗎？還是該說事到如今？但其實應該是來得比我預料中還快，警方當局按響了U家的門鈴。公權力介入了。我沒有仔細確認過也不能斷定，不過似乎是星期六U一個人去便利商店購物的舉動有某些不周全的地方，讓旁人覺得怪異，從為她服務的店員傳到了店長耳裡，再從店長傳到店家家人，家人又告訴各自的朋友……這種傳言遊戲進行到最後，終於有人跑去向警察通報。傳言遊戲最後恐怕是淪為曖昧不清的謠言，但我認為世上還是有好人的……雖然有些諷刺，不過大抵來說，我真的就是這麼想的。

簡而言之，U的『第一次購物』或許算是失敗了……不對，她確實買回了食物，讓被監禁的我免於飢餓至死的命運，以這點來說，她並沒有任何失敗的地方。

反正這齣監禁鬧劇遲早會破局……站在我的立場來看，或許該說是在千鈞一髮之際趕上了吧。又或是另一種涵義的，勉強趕上了最後一刻。因為他們是在我對U把該說的話都說完、把想傳達的事情都傳達完了之後才出現的。

因電鈴聲而醒來的U有禮貌地與登門拜訪的兩位警官交談……雖然沒有發生警匪片中常見的逮捕場景，但我和U都被帶離U家，分別坐上不同的警車駛向最近的一間警局。

分別搭上兩輛警車，讓我沒有多餘的時間可以和U告別。沒有從她口中聽到『再見』這兩個字，當然我也沒有說。我甚至沒來得及見她最後一面……沒有半點戲劇性的狀況發生，只有毫無故事張力的真實漠然別離。

我的故事，關於十年前的精神創傷到此差不多告一段落了，不過還是稍微向大家報告一下後續發展吧。雖然我個人是覺得沒那個必要，但偶爾畫蛇添足一下也還不壞。

被帶進警局後，等待著我的是執拗的調查。乘警車前來的路上氣氛都還算是融洽，我本以為應該沒有被他們誤解，但在那種狀況下，站在客觀角度都會把我當成『壞人』吧。恐怕我和U在離開U的家之後，隨後趕來的其他員警就發現二樓的那兩具屍體了吧……如此一來，案件的嚴重性也頓時遽增。一夜未眠不停為U說故事後又遇上這種情形……就算不是這樣，長時間的監禁生活也已經讓我的精神與肉體都殘敗不堪了，毫不留情的嚴酷調查彷彿都快磨滅了我的精神。啊啊，原來如此，所謂冤案就是這樣發生的吧。還好加諸在我身上的嫌疑馬上就被洗刷了。

除了U本身的證言外，好像也出現不少看見我被U拿小刀抵著帶到綁架現場的目擊者……我也想過那些目擊者直到這一刻為止到底都在幹什麼啊，總之完全犯罪還是不可能發生啦。

關於綁架與監禁，最後U好像沒有遭到追究……畢竟是小學四年級學生做出的行為，也就是所謂的『綁架遊戲』，加上有好心的大學生陪她瞎胡鬧，以此做為解釋讓這起事件就此告一段落。我不知道自己算不算是『好心的大學生』，我自認是不怎麼好就是了，反正就是這麼一回事。話說回來，雖然沒被判刑，還是免不了被狠狠教訓一頓……遭到不是親人的陌生人訓斥，U不曉得會有怎樣的反應。但總有一天，U也會在不知不覺間不再遵守那本『制式記事本』中所寫的一切教條吧。

我想這就夠了。

U的綁架鬧劇或者該說綁架遊戲，畢竟是小孩子所為也就算了，但兩個大人——而且還是夫妻彼此殺害的死亡事件居然也沒有登上媒體版面……不管是報紙或新聞節目都看不到相關報導。因為當時某地區發生了大型自然災害的關係，幾乎所有媒體資源都投入到那裡去了，但回想起來，事後來到我住處採訪的警察還鄭重地要求我不得洩漏隻字片語出去，事情好像也沒有表面上看到的那麼簡單。

換言之，那個被害者……既是殺人犯也是被害者，U的父母可能是擁有一定社會地位的大人物吧。儘管不至於隱匿事實，但也不是能掛在口頭上積極談論的大人物……當時的年代跟現在也有相當大的不同。資訊公開化的道德標準不如現代這般嚴苛。雖然無法斷定究竟哪個時代比較優秀，但至少對我和U來說都還算是幸運的。畢竟在經歷了這種駭人聽聞的事件後，我們還能免於成為媒體的俎上肉被吃乾抹淨。

可就算沒有登上媒體版面，還是無法阻斷攸攸眾口，周遭的鄰居當然也都知道了這件事……我倒是寡廉鮮恥地沒有搬家，直到畢業前都繼續居住在那間小套房裡（對喜歡搬家的我來說，這樣反而更痛苦，但在事件平息之前，想找到新的住處也不容易吧），U也沒有再繼續住在那個家裡了。那個家裡只剩下她孤苦伶仃一個人，會有這樣的結果也是當然。

考慮到她所做的那些事，我原本以為她會被送進兒福機構之類的地方，不過正如我之前所述，對於綁架、妨礙他人人身自由這些罪責表面上都已不允追究，我聽說她後來被住在國外的親戚收養了。以她那種個性，在親戚那邊大概也不會多好過吧……可是無法成為她生命中重要之人的我，也只能從遠方祈禱她過得幸福。

在那之後，當我騎著新買的自行車（同一型號的越野登山車）出門時，偶爾也會從U家門前經過（她家果然離我住的學生套房很近），那幢屋子不久後成了一片空地。十年後的現在我搬了家，應該說我不斷搬了又搬，住在不同區域後我也不曉得那塊土地究竟怎麼樣了……反正就是曾經發生過殺人事件的土地。也許遲遲沒有出現願意買下那塊土地的買家，到現在還空置在那裡也說不一定呢。

之後過了一陣子，我成為作家。

直到現在也還是個作家。

因為這是人生，再加上工作的關係，日子當然過得有苦也有樂，偶爾我也有想放棄的時候，總之我仍持續著作家生涯。

靠著小說維生至今差不多已有十年光景了，直到現在我仍不覺得自己曾寫過所謂的小說。

因為我所寫的，即便到了現在都還只是那一夜對U說的——那些無聊故事的延伸罷了。

44

於是我將已經完成的資料燒成ＣＤ，打包好郵寄給位在東京的出版社。使用電子郵件只需要幾秒鐘的時間便能送達，但我怎麼樣都不能接受用網路傳送資料這一回事。反正就只差個一、兩天，也不是什麼十萬火急的工作……順帶一提，要是真的很緊急，我就會直接搭飛機飛到羽田機場了。

結束一段工作後的爽快感是什麼都無可取代的……可虛脫的無力感也確實伴隨而來，交稿後的兩、三天會讓人什麼都不想做。當然要是在被工作追著跑的時候，這種話我也說不出口，最近這幾年來，很可惜地我都沒有好好品嘗一段工作結束後的爽快感，與差不多份量的虛脫感……我相信總有一天一定能好好休息，所以每天就是忙著工作……不管怎麼樣，在覺得工作比休息更開心的這個當下，我也不好抱怨什麼。

說起這次執筆寫下的故事，能當作最後的原稿交付給至今為止在明裡暗裡都幫了我不少忙、即將要結婚離職的責任編輯，確實讓我有某種程度上的滿足感，不過或許都只是我在自我滿足啦。

我甚至不確定她想不想收下這樣的稿件。

交出去的稿子也不曉得最後會不會印刷成冊上架問世……努力耕耘後得不到回報的情形在這個世界上並不罕見，要說的話，我也覺得這種東西不出版似乎比較好。做為一名小說家，這十年來我始終堅持平實地寫出想寫的東西，反正我跟幸福快樂的結局從來都無緣無分……如果稱得上不正常人類表率的U此時此刻已經得到幸福，我就再沒什麼牽掛了，但我無法確認這一點。

就算是我這樣的傢伙也順利地……再怎麼樣，至少是活到三十歲了，自那之後的十年，如果她也能順利地……就算不順利，不過只要能好好活下來的話……到那個時候，過往那六天的監禁生活就不再是我的精神創傷，而是能成為一段故事在消化之後得到升華。

多單純啊，這就是我寫完之後的感想。

好了，完成的工作既然已完成，我就該開始著手進行其他工作了……小說家的工作可不單是寫小說這麼簡單，還得檢查印刷的成果、檢查封面跟書腰、回應訪談提出的問題、交出自己的評論，就連監督筆下作品跨界影音化的結果也是很重要的工作……加上負責帶我的責任編輯就要結婚離職了，還得跟新的責任編輯打個照會才行。我這麼不擅長與人交際，但若不把這件事處理好，根本沒辦法好好繼續工作。雖說是作家，但在職場上也不能老當個不與外界接觸的家裡蹲啊……有些人勸我雇個助手或祕書，要長年來始終不信任人類的我雇個人來幫忙處理瑣事？不相信人類的人，一點都不該站在高位妄想指使別人。

於是那一天，我獨自一人來到東京……且很不巧的是我訂不到機票，所以是搭新幹線來的。倒楣事還不只這樁，原本說好會出席我與新編輯照會的前責編因為婚禮的細節討論拖長了時間，沒辦法準時前來，便發了一封簡訊說她會晚點到。這麼重要的大事居然只給我發了封簡訊，我在都內的某飯店大廳裡憤憤不平地想著，卻也沒辦法對那封簡訊多抱怨什麼。畢竟我是個專業搖筆桿的，要是在回覆的簡訊中抱怨，看起來就會像真的在生氣一樣……都已經活到三十歲了，為了一點小事就發脾氣未免太不成熟……

可是與新編輯——也就是不認識的人第一次見面就兩人獨處實在是件高難度的任務。我想乾脆回家算了。既然是剛進公司的新編輯，我應該沒有在編輯部與對方擦身而過才對……聽說是個很傑出的精英人士，甚至擁有足以在我的小說中登場的那種經歷，這個春天才剛就任，被稱為編輯部期待的新星……嗚哇，我真的想回家了。

好，那就回家吧，沒有任何心理罣礙，正當我提著行李箱準備從椅子上起身時，就在這一瞬間——

「請問是柿本老師嗎？」

忽然有人叫了我的名字。

來不及逃了。

懷著苦澀的心情回頭一看，一名年輕女性雙手交疊在身前，身上穿著稱不上適合，怎麼看都像社會新鮮人求職時的面試行頭。

她應該也為了本該在場的前輩沒有到來感到很焦慮吧，那侷促不安的舉止在在說明了此刻她有多麼緊張，但也許是所謂年輕的特質吧，儘管緊張，她還是抬起那雙朝氣十足的眼神盯著我看。

她該不會以為作家都是什麼了不起的人物吧，若是這樣，我就得親口告訴這孩子事實並非如此……一想到這裡，我的心情也就更沉重了，但她完全沒有注意到我心中糾結的情緒。

她接著開口：

「您好，我叫夕暮誘（Yuugure Yuu）。」

對我這麼說。

「我從小就很喜歡老師的作品，能和您見面，我真的很高興。以後還要請您多多指教了，請說出更多有趣的故事給我聽吧。」

明明那麼年輕，卻是個懂得好好打招呼的孩子呢，真讓人感動。硬要挑毛病的話，大概就是小說家的故事應該是用讀的而不是用聽的，但這種程度的錯誤還在可以接納的範圍內。真不愧是被稱為備受期待的新星。不，禮儀端正這一點或許單純是父母親的教育很成功吧。

為了不輸給她，我也得認真回應她的問候才行。事隔十年的、許久不見的問候，我對誘說：

「初次見面——」

後記

我無法確定到目前為止究竟讀過多少本小說，但我認為每一本書都有各自不同的衡量標準。就算是內容完全相反的書我也能讀得津津有味，相對的，就算選了主題相似的小說，讀後感也可能會截然不同，想想還真是不可思議。說得極端點，就算是同一本書，隨著閱讀的時間和狀況、又或是排版與字體大小的差別，都會讓閱讀的感受變得全然不同……這樣的結論隨處可見，但不會有一本書在被一萬個人讀過後都覺得有趣，相反的，也不會有一本書被一萬個人讀過後只留下空泛無趣的感想。『有趣』、『人氣』、『熱賣』、『記錄』都是用來衡量小說的基準，但並不是絕對的價值論……說得再偏激點，不管再怎麼有趣的小說，那些可歌可泣的深刻場景並不會給現實生活帶來任何幫助，光從娛樂面這點來判斷，也沒辦法完全滿足各個讀者們『想看到這樣的故事』的期待。那該如何是好呢？到頭來，還是只能不斷出版形形色色、五花八門帶有不同逸趣的小說吧。如此一來，問題就跟開頭的部分聯繫起來了，一本小說最重要的是讀者數量？是銷售數量？但要這麼說的話，那些賣破百億大關的書，難道就真能在全人類心裡留下深刻的迴響嗎？我不這麼認為。

本書雖然是抱著這樣的想法寫出來的故事，應該說是在寫完後才讓我冒出這種想法，但也不是想特別針對這點解釋什麼。作者是抱著什麼想法、在什麼狀態下寫作、寫完之後又是怎麼看待作品的，這些事跟書本身的內容一點關係都沒有……不，這只能說是種理想；事實上，作者是抱著什麼想法、在什麼狀態下寫作、寫完之後又是怎麼看待筆下作品的，理所當然都會跟書裡的內容緊密結合。作者也是人嘛。但是『○○也是人嘛』這種說詞怎麼聽都像在找藉口，我完全無法否定這一點。人不就是人嗎？《少女不十分》就是這樣的一本書。

這次所寫的新作品，是由碧風羽老師負責封面繪製。用不著我多贅述，真的很棒。狀況在於，本文中幾乎完全沒有提到U的外表模樣，卻能被畫成那樣的美人，她真是個好福氣的人。

寫這本小說整整花了我十年的時間，續集將在十年後問世——我會努力不讓這種事發生的。

西尾維新

浮文字

少女不十分

（原名：少女不十分）

作者／西尾維新　插畫／碧風羽　譯者／林香吟
榮譽發行人／黃鎮隆　總經理／陳君平
協理／洪琇菁　國際版權／黃令歡
執行編輯／呂尚燁　美術主編／李政儀
企劃宣傳／楊玉如、洪國瑋
出版／城邦文化事業股份有限公司　尖端出版
台北市中山區民生東路二段一四一號十樓
電話：（〇二）二五〇〇七六〇〇　傳真：（〇二）二五〇〇二六八三
E-mail：7novels@mail2.spp.com.tw
發行／英屬蓋曼群島商家庭傳媒股份有限公司城邦分公司　尖端出版
台北市中山區民生東路二段一四一號十樓
電話：（〇二）二五〇〇—七六〇〇（代表號）
傳真：（〇二）二五〇〇—一九七九
中彰投以北經銷／楨彥有限公司
電話：（〇二）八九一九—三三六九
傳真：（〇二）八九一四—五五二四
雲嘉經銷／智豐圖書股份有限公司　嘉義公司
電話：（〇五）二三三—三八五二
傳真：（〇五）二三三—三八六三
南部經銷／智豐圖書股份有限公司　高雄公司
電話：（〇七）三七三—〇〇七九
傳真：（〇七）三七三—〇〇八七
一代匯集／香港九龍旺角塘尾道六十四號龍駒企業大廈十樓B&D室
電話：（八五二）二七八三—八一〇二
傳真：（八五二）二七八二—一五二九
馬新經銷／城邦（馬新）出版集團　Cite(M)Sdn.Bhd.
E-mail：Cite@cite.com.my
法律顧問／王子文律師　元禾法律事務所
台北市羅斯福路三段三十七號十五樓
二〇二二年一月二版一刷

郵購注意事項：
1. 填妥劃撥單資料：帳號：50003021戶名：英屬蓋曼群島商家庭傳媒（股）公司城邦分公司。2. 通信欄內註明訂購書名與冊數。3. 劃撥金額低於500元，請加附掛號郵資50元。如劃撥日起 10～14日，仍未收到書時，請洽劃撥組。劃撥專線TEL：(03) 312-4212 ・ FAX：(03) 322-4621。E-mail：marketing@spp.com.tw

國家圖書館出版品預行編目資料

少女不十分 / 西尾維新 作 ; 張鈞堯譯. / . --二版.
--臺北市：尖端出版, 2022.01 面 ; 公分.
--(浮文字)

譯自: 少女不十分

ISBN 978-626-316-381-2(平裝)

861.57 110020190